Libretto

CONSTANCE DE SALM

VINGT-QUATRE HEURES D'UNE FEMME SENSIBLE

roman

Postface de
CLAUDE SCHOPP

libretto

OUVRAGE PUBLIÉ SUR LES CONSEILS DE
CLAUDE SCHOPP

I.S.B.N. : 978-2-7529-0766-0

À Madame la Princesse de ***

C'est à vous, aimable amie, que je dédie ce petit roman. Son sujet, sa forme, le genre d'observations sur lequel il repose, tout y diffère de mes autres ouvrages; aussi, pour vous, pour le public, pour moi-même, me semble-t-il exiger quelques explications.

Je l'ai commencé il y a plus de vingt ans. Je n'y attachais et n'y attache encore que peu d'importance. En m'imposant la loi de n'y pas dire un mot qui ne fût dicté par le sentiment ou la passion; en faisant éprouver, dans le court espace de vingt-quatre heures, à une femme vive et sensible, tout ce que l'amour peut inspirer d'ivresse, de trouble, de jalousie surtout, je ne voulais que faire aussi un *roman* sur une idée qui m'avait plu, et répondre par là à quelques reproches qui m'avaient été faits sur le ton sérieux et philosophique de la plupart de mes ouvrages. Ceux par lesquels j'ai débuté dans la littérature étaient déjà une réponse suffisante; mais l'usage veut tellement que les femmes qui écrivent trahissent sans cesse le secret de leurs tendres sensations, que celles qui parviennent à les renfermer dans leur cœur semblent, en quelque sorte, n'en pas éprouver assez; ou du moins ne pas attacher assez de prix à cette *sensibilité*, qui est sans doute un des plus beaux apanages de notre sexe, mais que chacun conçoit et exprime suivant son caractère et le genre de son talent.

Je voulais donc, par ces lettres, payer un nouveau tribut à l'usage, et prouver que le goût des ouvrages sérieux n'exclut en rien la sensibilité. J'avais même le projet (auquel j'ai renoncé) d'y ajouter une discussion, dans laquelle j'avançais, et c'est mon opinion, que la *vraie* sensibilité est une qualité trop belle et trop forte pour n'agir que sur les affections de l'âme ; que c'est elle aussi qui éclaire et agrandit l'esprit ; qu'elle n'est pas moins le foyer des idées élevées et philosophiques que des idées douces et tendres, et qu'elle en est même une condition plus nécessaire. Enfin, je m'étais assez longtemps et à plusieurs reprises occupée de ce roman dont je voulais faire aussi un tableau, ou plutôt une espèce d'*étude du cœur d'une femme*. Mais la difficulté d'y soutenir l'intérêt par l'analyse seule des sentiments m'avait paru exiger trop de travail pour un ouvrage de ce genre. Je l'avais abandonné, et, sans doute, il n'aurait eu aucune suite, si, me trouvant à la campagne et loin de mon pays, pendant les années de guerre qui viennent de s'écouler[1], le besoin impérieux d'une forte distraction ne l'eût rappelé tout à coup à mon souvenir.

Ce fut alors que je le terminai, et je ne puis dire assez de quelle ressource il me fut dans ces moments d'agitation et de solitude. En calculant ces simples événements ; en écrivant ces lettres pour lesquelles aucune expression ne me paraissait assez passionnée, ni aucune phrase assez harmonieuse ; en cherchant à peindre la jalousie, non dans ses fureurs, mais dans les douleurs dont elle accable une âme ardente et sensible, j'oubliais en quelque sorte ce qui frappait mes yeux ; les troubles du monde semblaient se perdre pour moi dans les malheurs imaginaires de mon héroïne, et ce bienfait que je devais au travail n'est pas le moindre de tous ceux qu'il m'a prodigués. Il faut l'avouer ; il y a dans tout ce qui tient à ces vives sensations quelque chose qui touche de si près,

1. 1814 et 1815.

qui se confond si bien avec l'idée que l'on se fait du véritable bonheur, qui élève si naturellement au-dessus des hommes et des choses, que l'auteur qui peut joindre cette illusion au charme de son travail, a sans doute trouvé (au moins pour quelques instants) une des plus douces consolations qu'il nous soit donné de goûter sur la terre.

Cependant, ce petit roman est si différent de mes autres ouvrages, que bien qu'en le terminant j'eusse l'intention de le publier, j'hésitai encore longtemps : peut-être même n'aurais-je pu m'y décider si je n'y eusse vu un but vraiment moral, que le cadre étroit dans lequel je l'ai resserré me paraît rendre encore plus frappant. La jalousie est un mal si commun chez les femmes, elle influe tellement sur leur bonheur, elle les compromet si souvent et de tant de manières, qu'il est impossible qu'une suite de développements qui leur montrent à chaque mot jusqu'à quel point cette passion peut les égarer, ne leur offre pas une utile et *grande leçon*. J'ai eu même un instant l'idée de rendre cette leçon plus forte, en faisant résulter, des imprudences de mon héroïne, des malheurs plus graves que ceux dont sa vive imagination se tourmente; mais j'ai craint d'altérer par là le caractère simple et idéal de cet ouvrage; il m'a paru que tout devait s'y passer, pour ainsi dire, dans l'âme, et qu'une morale trop sévère, ou plutôt trop positive, ne pouvait s'accorder avec le genre de sensations que j'avais voulu peindre.

Enfin, le court espace de temps dans lequel j'ai renfermé mon sujet me semble exiger aussi quelques explications. Peut-être croira-t-on, au premier moment, y voir une sorte d'impossibilité. Quelque peu d'importance qu'aurait réellement cette observation, je me la suis faite à moi-même, et j'ai voulu pouvoir y répondre. Je me suis rendu compte du temps nécessaire pour écrire rapidement ces lettres; j'ai calculé avec soin les intervalles qui doivent les séparer, et je puis assurer que, s'il n'est pas ordinaire d'en écrire un si grand nombre en vingt-quatre heures, cela est au moins possible. Je pense que c'en est assez pour un roman.

Telle est, aimable amie, l'histoire complète de ce petit ouvrage. Il me reste à vous parler des motifs qui m'engagent à vous le dédier. Ils seront bientôt exposés : nul ne l'appréciera mieux que vous ; votre esprit éclairé jugera ce qu'il peut avoir de mérite ; votre raison ce qu'il peut offrir de vérités, et votre âme ne restera pas non plus froide et indifférente au récit de ces simples douleurs. Depuis longtemps j'en connais, et mieux que vous-même, la force et la sensibilité ; j'ai su lire à travers ce voile de sage réserve, dont la nature a revêtu vos belles et nobles qualités ; j'ai deviné mille fois en vous ce mouvement involontaire qui nous fait dérober au monde des émotions qu'il pourrait ne pas éprouver comme nous, et je sens qu'il n'est pas une seule des sensations vives et tendres que je me suis plu à faire bouillonner dans le cœur de mon héroïne, qui ne trouve dans le vôtre le sentiment qui la conçoit, ou l'indulgence qui la fait excuser.

C'est cette conviction qui m'a fait naître l'idée de vous offrir ces lettres. Cette dédicace n'a rien de commun avec celles en tous genres que l'usage a consacrées ; elle n'est que la simple expression de la vérité et de l'amitié ; mais cet hommage du cœur, et la justice qu'il m'a donné occasion de vous rendre, n'en auront que plus de prix à vos yeux.

Lettre I

Mercredi, à une heure du matin.

Mon amour, mon ange, ma vie, tout est trouble et confusion dans mon âme ! Depuis une heure entière, j'attends, j'espère. Je ne puis me persuader que tu ne sois pas venu, que tu ne m'aies pas au moins écrit quelques lignes, après cette fatale soirée. Il est une heure… peut-être es-tu encore chez cette femme !… Quelle nuit je vais passer ! Ah ! mon Dieu ! je n'ai pas une pensée qui ne soit une douleur. Le ciel sait que le moindre doute sur ta tendresse me paraîtrait une horrible profanation ; mais n'est-ce donc rien que ces longues heures de désespoir ?

Lettre II

Bonjour, mon ami ; me voilà ; ma nuit a été affreuse. Ton image, celle de cette femme, ont toujours été là devant mes yeux. Je te voyais, je t’entendais ; je te parlais, cher et cruel ami ; et vingt fois je me suis réveillée le front couvert de sueur, et dans une anxiété que je voudrais pouvoir te peindre. L’essayerai-je ? Je nc sais : les femmes ont dans l’âme une foule de sensations que l’amant le plus tendre peut à peine comprendre : elles lui semblent une sorte de délire ; mais quand cela serait, le délire, l’erreur même de l’amour n’ont-ils pas quelque chose de sacré ! Dis, dis ; n’étais-je pas à plaindre hier, d’être loin de toi, pendant ce triste concert, de contraindre jusqu’à mes regards, sans que tu ajoutasses encore, par ton étrange conduite, à cette douleur que tu connais si bien ? Je ne veux point savoir ce qu’est venu t’apprendre le baron de G ***, quoique tu parusses hors de toi en l’écoutant ; mais dis, dis ; que signifiait ton empressement à aller saluer cette belle et coquette Mme de B *** dès qu’elle est entrée ; l’espèce de cour que tu lui faisais, l’air de mystère avec lequel tu parlais, toi qui la connais à peine ? Dis ; comment, après trois heures si péniblement écoulées, comment ta bouche a-t-elle pu prononcer cet adieu presque indifférent que tu m’as adressé furtivement en passant ? Qu’il m’a fait de mal, grand Dieu ! n’as-tu donc jamais éprouvé que le dernier mot que l’on se dit en se quittant laisse dans l'âme une impression qui dure jusqu'à ce que l'on se revoie? Et comment me quittais-tu? Emmenant cette femme, la reconduisant chez elle parce que sa voiture n'était pas arrivée. Quel misérable motif pour déchirer si cruellement mon cœur! Les hommes sont bizarres; ils ne savent rien refuser à une femme qui leur est étrangère, et celle qui mérite le plus leurs égards semble toujours celle qui en obtient le moins. Mon saisissement, mes regards suppliants, rien n'a pu t'arrêter, rien. Tu es parti; je suis restée là, debout, immobile; je t'ai suivi des yeux donnant la main à cette femme. Je l'ai vue monter en voiture. Puis toi, toi près d'elle! Le bruit de la portière, lorsqu'on l'a fermée, m'a presque renversée; celui des roues, lorsque l'on est parti, m'a fait pousser un long gémissement; il me semblait qu'elles emportaient ma vie, qu'elles broyaient mon cœur. Mes forces diminuaient à mesure que le bruit s'affaiblissait; et quand le dernier murmure s'est perdu dans l'air, j'ai cru ne plus exister, et je suis tombée mourante sur un siège. Le jeune comte Alfred, qui, sans doute, a pris pitié de moi, s'est approché, et m'a offert son bras que j'ai pris machinalement. Il m'a dit je ne sais quoi, et m'a conduite à ma voiture, où il est monté après moi, sans que j'eusse même la pensée de l'en empêcher. Il a parlé pendant toute la route; sa voix me faisait l'effet d'une suite de sons doux et confus; je ne distinguais rien. Pourtant je crois qu'il m'a parlé d'amour; il a pressé ma main en descendant de voiture; il paraissait tremblant, et les mots de tendresse, de passion, ont frappé mon oreille... Voilà pourtant à quoi tu m'exposes!

En me revoyant chez moi, je ne puis dire ce que j'ai éprouvé. J'étais comme hors de tout ce qui m'environnait. Mon vieux Charles, ce digne serviteur, devant qui du moins je puis prononcer ton nom, était effrayé du désordre de mes esprits. Je formais mille projets : je croyais toujours t'entendre. Quand je me suis couchée, après avoir perdu tout espoir, je ne voyais plus clair dans mes pensées ; et cette longue nuit qui nous séparait encore était pour moi une éternité de douleurs. Mais les premiers rayons du jour m'ont rendu quelque calme : il me semblait qu'ils éclairaient aussi mon âme. Dès qu'ils ont paru, je me suis levée pour t'écrire. Cette lettre va rester sur ma table, je le sais ; il est à peine cinq heures, et Charles ne peut encore la porter chez toi ; mais elle est là, je la vois, j'y ai dit tout ce qui m'agite : je pense que chaque minute qui s'écoule me rapproche du moment où tu la liras ; et tout cela me soulage.

Mais qu'a donc cette Mme de B *** pour me mettre dans cette horrible situation ? S'il faut croire ce que l'on en dit, son âme tout entière t'offrirait-elle une seule étincelle du feu qui dévore la mienne ? Oh ! non ; mais elle est belle, elle est coquette ; et seuls, seuls dans une voiture ; les vêtements se touchent, les mains se rencontrent, on respire le même air ; on est homme, on est femme… Ah !…

Lettre III

Que se passe-t-il donc en moi ? Aucune circonstance nouvelle n'a pu augmenter mon trouble, et cependant il s'accroît à chaque instant. Je crois voir mille choses qui m'étaient échappées d'abord. Il semble qu'il y ait des douleurs que l'on éprouve sans le savoir, et dont on ne se rend bien compte que quand elles remplissent tellement le cœur qu'il lui devient impossible de les supporter. Ces idées sont, il est vrai, vagues et confuses ; elles passent devant mes yeux et s'évanouissent comme de vains fantômes ; mais il en est une qui reste toujours là ; une dont la vérité m'épouvante ; une qui repose sur un fait, et que je ne puis me nier à moi-même. Vous avez remarqué cette femme, mon ami ; vous l'avez remarquée ! Et qui ne sait que toutes les illusions de l'amour se touchent ; que la plus douce, la plus nécessaire, la plus sacrée est celle qui nous fait croire qu'il n'existe personne pour nous hors du cercle enchanté dont la passion nous environne ? Vous avez remarqué cette femme ; et moi… je ne voyais que vous !

Lettre IV

Le soleil éclaire déjà mon cabinet solitaire. J'ai voulu éloigner ces tristes pensées ; j'ai tenté de m'occuper, de me distraire. J'ai pris ma palette, mes pinceaux ; j'ai tout disposé, et je me suis mise à l'ouvrage. Le feu des arts ressemble à celui de l'amour ; il enivre, il absorbe, il isole de l'univers et de soi-même. À mesure que je travaillais, des rayons de lumière semblaient traverser mes esprits. Je reprenais ma raison et mon équilibre ; je sentais seulement mes moyens s'exalter et s'agrandir du reste d'émotions involontaires qui bouillonnaient encore dans mon sein. Tout à coup (qui peut prévoir les effets de l'amour ?), tout à coup ces terribles souvenirs sont revenus m'assaillir : ils se sont emparés de mes facultés avec la rapidité de l'éclair ; ils m'ont comme enlevée de mon siège. J'ai tout jeté là, je marchais avec précipitation, j'étais hors de moi, je croyais respirer du feu ; mais l'agitation du corps semble calmer le trouble de l'âme. Insensiblement j'ai retrouvé quelque tranquillité ; j'ai pu m'asseoir et écrire. Me voilà donc ; me voilà plus raisonnable ; du moins je le crois.

Non, tu ne me trahiras pas, tu ne trahiras pas ces serments tant de fois répétés ; tu ne les profaneras point par des sensations étrangères ; tu ne le pourrais pas. Il y a dans l'amour autre chose que l'amour, une union plus intime encore, des rapports qu'il n'appartient pas aux âmes communes de comprendre ni de sentir, un entraînement d'un être vers l'autre, qui ne tient à rien de ce que la pensée peut définir. C'est par l'accord involontaire de ces sentiments, de ces délices inconnues, que nous sommes unis, chère âme de ma vie ! Que peut une Mme de B *** contre des liens si sacrés ? Ce qu'elle peut ! ah ! qu'osé-je dire ? L'amant le plus fidèle, le plus intime même, a-t-il jamais su résister aux provocations de la coquetterie ? Éternelle supériorité de mon sexe sur le tien ! Quelle est la femme qui, sans se croire dégradée, a pu même supporter la pensée de s'abandonner à l'être qui lui est inférieur ? Quel est l'homme dont les désirs ont pu être arrêtés par cette seule pensée ? Au nom de tout ce qui t'est cher au monde, douce moitié de moi-même, ne m'expose plus à ces cruelles tortures ! Veille avec plus de soin sur notre bonheur. Hélas ! qu'est-ce que cette vie qui nous échappe à chaque instant et que nous remplissons si légèrement d'amertumes ? un supplice, si l'on souffre ; un délire, si l'on est heureux ; et toujours de la vie, de la vie que l'on dépense, que l'on prodigue, qui ne reviendra plus, qui emporte tout ; tout, même l'amour ! Nous, nous aussi, mon bien-aimé ! il viendra un temps, qui le croirait ? il viendra un temps où nos âmes cesseront de s'entendre, de se confondre ; où notre froide cendre sera le seul reste de ce feu qui nous dévore. Ah ! enivrons-nous, au moins, pendant ce court passage, de tout ce que l'amour a de plus pur et de plus ardent ; ne souillons pas ses délices par des erreurs et des craintes vulgaires ; et, dans tous les instants de notre existence où nos cœurs s'élanceront l'un vers l'autre, que l'amour seul les embrase, et que l'ombre même du soupçon n'ose s'approcher de nous !...

On vient !... Quel supplice insupportable ! Ce sont mes femmes ; elles m'auront entendue ; ... que leurs soins me sont importuns ! À quels charmes ils m'arrachent ! Qu'il y a loin de ces circonstances ordinaires de la vie aux brûlants épanchements de l'âme ! Mais, hélas ! pourquoi craindrais-je de perdre une seule minute ? Pourquoi me suis-je levée avec le jour ? une heure ne doit-elle pas s'écouler encore avant que tu lises ces lettres écrites dans l'agitation et l'impatience de ma tendresse ? Ah ! mon ami ! que cette heure pèse sur mon cœur ! que vais-je en faire ? combien d'autres ne vont-elles pas m'accabler encore avant que je te revoie ? Sera-ce ce matin, ce soir, chez moi, dans le monde ; dans ce monde si étranger à mes goûts, à mes pensées, et où je ne vais que pour te préserver des dangers qui me semblent toujours prêts à fondre sur toi ? Veuve, libre, prête à être unie à toi par les liens les plus sacrés, que ces contraintes me sont cruelles ! mais tu me les imposes, j'y consens. Malheur à moi si, trahissant notre secret aux yeux d'un rival dont tu dépends encore, je devenais pour toi un jour la cause d'un regret, la source d'un repentir !... Pourtant, ne me donne pas un fardeau que je ne puisse supporter. Si tu veux que l'on ne nous devine pas, ménage-moi davantage : ne me fais plus surtout trouver avec cette femme ! Il est possible, je le conçois, de cacher l'excès de son bonheur. Cette félicité qui remplit l'âme peut en quelque sorte réagir sur elle-même et s'enivrer de ses propres sensations ; mais cette douleur qui frappe, qui accable ; ces émotions subites et profondes... quel est l'être assez malheureux pour avoir sur lui le triste pouvoir de les dérober à tous les yeux ?

Lettre v

Mon déjeuner est là : je n'ai point la force d'y toucher. Je sens une barre, un poids sur ma poitrine. Tantôt une rougeur subite couvre ma figure, tantôt un frisson me parcourt de la pointe des pieds à la pointe des cheveux. Quel est donc ce pouvoir de l'âme sur le corps, de la passion sur la raison ? L'orgueil s'en révolte et s'en indigne : il nous montre notre faiblesse, notre profonde humiliation dans tout son jour ; il nous force à gémir sur ce temps, ces facultés dépensées, prodiguées, perdues en vaines et folles sensations ; mais à quoi cela sert-il ? à rien !…

Lettre VI

La face de mes idées est changée subitement, je ne sais pourquoi. Je ne souffre pas moins, je raisonne davantage. Mes sensations sont les mêmes ; mes pensées sont différentes. Je croyais voir à l'instant un devoir impérieux dans la nécessité de cacher notre amour, et maintenant ce mystère ne me semble plus qu'un sacrifice inutile et dangereux. Je rougis à mes propres yeux de ces variations, sans pouvoir m'en expliquer la cause. Peut-être arrive-t-il un moment où l'âme, épuisée par des agitations trop violentes, nous ôte la force de notre jugement. Peut-être, au contraire, cesse-t-elle alors de le troubler. Quoi qu'il en soit, écoutez-moi, mon ami, écoutez-moi avec attention.

Je vous tourmente, je le sens ; je suis jalouse, ridiculement jalouse ; il ne se passe presque aucun jour sans qu'un nouvel objet ne devienne pour moi la source d'une nouvelle douleur. Mlle de L ***, Mlle de C ***, ont tour à tour porté le désespoir dans mon sein. Aujourd'hui, c'est Mme de B ***. Ai-je tort, ai-je raison ? je ne le sais pas ; je ne veux pas le savoir. Vous vous justifierez sans doute cette fois comme les autres, c'est tout ce qu'il me faut. Je vous croirai, quoi que vous me disiez. Que le ciel me préserve de douter des paroles de l'homme à qui j'ai donné mon cœur ! Mais si cette suite de soupçons allait altérer votre amour, j'en mourrais ; je mourrais du chagrin seul de m'être attiré un si terrible malheur. Cependant, je ne puis me vaincre ; je ne le puis pas, en vérité. Je ne vous laisse voir même qu'une bien faible partie de mes tourments. Il y a dans ces émotions violentes je ne sais quelle sorte de pudeur qui fait craindre de les montrer toutes au grand jour. Connaissez enfin tout l'excès de ma faiblesse.

Je vous aime, mon ami, plus que l'on n'a jamais aimé ; mais il ne se passe pas une minute de ma vie sans qu'une secrète anxiété ne se mêle à l'enchantement de ma passion. Sommes-nous ensemble dans le monde, le moindre mot que la politesse vous fait dire à une autre femme élève déjà un sombre orage dans mon sein. Si ce n'est pas à moi que vous donnez la main pour passer d'une chambre à l'autre, mes regards inquiets vous suivent dans la foule ; le plus petit hasard qui vous dérobe à ma vue me fait frissonner. Êtes-vous quelque temps sans reparaître, un nuage se répand sur mes yeux ; je n'entends plus, je me soutiens à peine, et je ne reviens à moi que quand le doux son de votre voix a de nouveau frappé mon oreille. Faites-vous l'éloge de la parure de quelque femme, un mouvement involontaire me fait à l'instant jeter les yeux sur la mienne. Son extrême simplicité me consterne, et je vais penser (folle que je suis !) qu'un si misérable avantage peut me dérober une partie de votre tendresse. La liberté de ces jeux dont la société s'amuse porte dans mes esprits un désordre plus grand encore ; je prévois longtemps d'avance ce qui peut y faire naître la moindre familiarité, et, ces pensées s'emparant entièrement de moi, je conserve à peine la portion d'intelligence nécessaire pour partager ces frivoles amusements. Le seul mot de danse me glace. La valse me paraît la plus horrible profanation de l'amour. Je me l'interdis avec tout le monde, et, dix fois, l'image de l'heureuse femme que j'ai vue ainsi dans vos bras, et presque sur votre sein, m'a poursuivie pendant des nuits entières.

Sachez tout : dans ce cabinet solitaire même, dans ce coin reculé de mon appartement, asile sacré de l'amour, où nous avons trouvé le moyen de nous voir à l'insu de l'univers, ces terribles idées me poursuivent encore. Quoique, me défiant de moi-même, je m'efforce de ne pas vous y devancer, chaque pas que je fais pour m'en approcher accroît en moi la crainte de ne pas vous y trouver. Quand mes yeux commencent à distinguer la porte, mon agitation est devenue si forte que je puis à peine respirer. Si je ne vous aperçois pas en entrant, tout mon sang se glace. Ne tardassiez-vous que d'une minute, mon esprit s'est déjà égaré dans mille folles et poignantes conjectures ; et quand vous paraissez, quoique à votre vue une mer de joie inonde mon âme, quoique le premier bruit de vos pas ait fait évanouir comme un songe ces fatales chimères, mes mains tremblantes qui pressent les vôtres, les battements précipités de mon cœur, ces larmes brûlantes qui s'échappent par torrents de mes yeux, tout cela vous dit à la fois le bonheur que j'ai de vous voir et la crainte que j'ai eue de vous perdre.

Et quelle est la cause de tant de tourments ? l'excès de ma tendresse, sans doute, mais bien plus encore ce voile de contrainte et d'incertitude qui couvre notre félicité. Nous devons être unis par des liens indissolubles ; mais nous ne le sommes pas ; mille événements peuvent nous séparer. Et qui ne sait que, pour une âme tendre, la simple possibilité d'un si grand malheur suffit pour empoisonner la certitude des plus douces jouissances ? Soyons donc unis, puisque nous devons l'être ; soyez à moi aux yeux de l'univers ; habitons les mêmes lieux, portons le même nom ; que le matin, que le soir nous revoie ensemble, et, tout entière à mon bonheur, je suis bien sûre de vous environner d'un charme de tendresse qui ne permettra à aucune impression étrangère d'arriver jusqu'à vous, et qui me garantira à jamais des craintes de mon cœur, ou plutôt des égarements de mon imagination.

Voilà, mon ami, ce que je voulais vous dire, ce que je vous demande. Je sais d'avance ce que vous allez me répondre. Je sais que de grands intérêts de famille compromettent dans ce moment vos biens, vos titres, et jusqu'à votre rang dans le monde. Je sais que le vieux prince de R ***, votre oncle et votre protecteur, nommé l'arbitre de ces grands différends, promet de les décider en votre faveur. Je suis loin d'oublier (car il n'est pas de jour où je ne me le reproche) que, cédant aux instances de ma famille, j'allais recevoir sa main lorsqu'il vous a lui-même amené chez moi, que l'amour a changé à l'instant mes résolutions, et que, bravant tout, j'ai rompu avec lui sous un prétexte frivole, ce qui lui laisse encore l'espoir de me toucher. Je ne puis douter enfin qu'orgueilleux et violent, s'il pouvait soupçonner seulement que c'est vous qui m'enlevez à lui, il ne s'en vengeât en abandonnant votre cause, ce qui déciderait votre ruine. Je sais tout cela, vous le voyez, mon ami ; il m'arrive même de comprendre le sentiment qui vous fait refuser de m'associer à votre sort avant qu'il soit honorablement fixé ; mais il est des bornes que l'on ne peut franchir ; il est des lois que la faiblesse humaine ne peut s'imposer à elle-même. Le prince remet de jour en jour la décision qu'il ne cesse de vous promettre : il semble qu'un instinct secret le fasse lire dans nos âmes. Depuis six mois je suis dans cet état violent ; il commence à surpasser mes forces, et je n'ai plus qu'une pensée, celle d'être à vous ; qu'une crainte, celle de ne l'être pas. Cher, trop cher ami, je t'en conjure ! trouve un moyen, quel qu'il soit, de me satisfaire. Si ce n'est point pour te préserver des dangers que je redoute, que ce soit pour me préserver de moi-même. Que t'importe, après tout, la décision qui t'arrête ! Ton seul nom n'est-il pas le plus beau titre du monde ? Ma fortune ne nous suffit-elle pas ? Si, quand il saura tout, ton oncle veut se plaindre, le public ne sera-t-il pas pour nous ? n'est-il pas toujours pour les amants ? Et quand il en serait autrement, devons-nous sacrifier notre bonheur à ces vaines considérations, au prince de R***, à Mme de B***? Mais j'y songe... quel rapprochement!... quel trait de lumière! Ah!... mon ami!... serait-il possible?... Oui, oui, voilà le mot de cette cruelle énigme... de tes prévenances pour cette femme, de ta réserve apparente pour moi. Elle est l'amie intime de ton oncle; depuis qu'elle est veuve, il est sans cesse chez elle... on parlait même de mariage... Tu auras craint qu'elle ne nous devinât, qu'elle ne lui apprît notre intelligence!... À quoi pensais-je? Ah! un homme, si amoureux qu'il soit, a toujours ces raisons d'intérêt devant les yeux; une femme tendre peut-elle y penser? Maudit argent, maudite prudence! il faut donc toujours qu'ils soient les ennemis de l'amour! Dieu! comme je me sens soulagée! comme je respire librement! comme les cordes de mon âme se détendent! comme je sens dans tout mon être un calme délicieux succéder à ce feu qui me dévorait! Mon amour, mon seul bien, il est donc vrai que tu m'aimes? que tu m'as toujours aimée? ai-je donc pu en douter? injuste, ingrate que j'étais!... Excuse, excuse; sois à jamais l'arbitre de ma destinée. Je m'abandonne, je me confie à toi. Je remets entre tes mains mon bonheur, mon existence, ma vie. Je consens à cacher encore à tous les yeux le secret de notre félicité; mais songe pourtant que le retard que tu m'imposes est un malheur pour toi-même; que le sort se joue presque toujours des vaines prévoyances des hommes, et qu'en tout il est dans la marche naturelle de la conduite je ne sais quoi de droit et de légitime qui entraîne les événements, et qui conduit mieux au but que les mystères toujours calculés au hasard.

Mais l'heure s'avance; Charles peut enfin aller secrètement chez toi. J'appelais ce moment de toutes les facultés de mon âme, et maintenant il me trouble et m'agite. Sait-on jamais ce que l'on désire? Vais-je faire porter ces lettres?

Te les enverrai-je toutes ? Dois-tu connaître l'excès de mon délire ? Pourquoi non ? Ah ! qu'il ne soit pas dit que l'amie de ton cœur aura dérobé à tes yeux une seule de ses pensées, une seule de ses erreurs. Oui, connais-moi tout entière ! lis, lis ces caractères tracés dans le désordre de mes esprits, mais dans l'ivresse de mon amour ; lis ces lettres, chère moitié de moi-même ! lis-les toutes, mais hâte-toi de me rassurer ; crains de perdre une seule minute d'un temps si nécessaire à mon bonheur. Dis-moi seulement que tu m'aimes ; mais dis-le moi tout de suite : songe qu'une âme violemment émue est accessible à toutes sortes de craintes ; que peut-être dans un instant je vais frémir à la seule idée de t'avoir montré l'excès de ma faiblesse, et que, même heureuse et tranquille, quand je n'ai pas reçu les tendres assurances que tu me donnes chaque matin de ton amour, il me semble que ma journée n'est pas commencée, et que je ne vis pas encore tout à fait.

Lettre VII

Mon vieux Charles est enfin parti. Après l'avoir longtemps suivi des yeux par ma fenêtre, je suis rentrée dans mon cabinet solitaire. Mes pensées, d'abord riantes et remplies du bonheur que je venais de retrouver, étaient redevenues tristes et confuses ; elles se succédaient rapidement sans que je pusse me les expliquer à moi-même. J'ai pris de nouveau mes crayons, mes pinceaux ; je me croyais tranquille, je l'étais peut-être ; mais ces sortes d'émotions laissent après elles un vague, un abattement qui ressemble à la douleur. Je n'ai pu faire deux traits de suite, et je reviens à toi. Si les arts veulent un cœur ardent, il leur faut aussi un esprit libre. Et peut-on avoir l'esprit libre avec une passion dans l'âme ? La terrible chose qu'une passion, cher ami ! Nous met-elle au-dessus ou au-dessous de nous-mêmes ? c'est ce que je ne puis dire. C'est un tourbillon violent qui s'empare de nos facultés, de nos pensées, de nos sensations, et les porte toutes d'un seul côté, sur un seul point. Si nous trouvons des forces extraordinaires pour ce qui émane de ce foyer brûlant, tout ce qui y est étranger est aussi comme anéanti pour nous. Nous n'existons plus que par une partie de nous-mêmes qui absorbe toutes les autres. Avant que je te connusse, ma vie coulait comme un ruisseau toujours tranquille ; les arts, l'amitié embellissaient mes instants. Je jouissais des plaisirs de la société, du travail, de l'ivresse attachée à ses succès, des brillants avantages dont le sort a embelli mon existence ; je t'ai vu, et tout a disparu ; je t'ai vu, et ton image seule est restée là, devant mes yeux. Dès lors, plus d'autres plaisirs ; mon bonheur, mon orgueil, ma vie, tout s'est confondu, anéanti dans le désir de te plaire et le besoin de t'aimer ; mais aussi quelle source inépuisable de félicité, et comme elle rend froids et insipides tous les plaisirs que l'on goûtait sans elle !

Ah ! Dieu ! te rappelles-tu cet instant de délices où pour la première fois nos cœurs se sont entendus ? Les plus légères circonstances en sont encore présentes à ma pensée. Nous nous connaissions à peine ; mais déjà tes regards, tout l'ensemble de ta personne m'avaient fait pressentir mon bonheur. Il semble qu'il y ait entre deux êtres qui doivent s'aimer une sorte d'appel involontaire et réciproque de toutes les facultés, auquel il est impossible de se tromper. J'étais seule un matin, je venais de laisser un tableau à moitié ébauché ; j'avais pris un livre dont, depuis un quart d'heure, mes yeux parcouraient la même page sans que la préoccupation de mes esprits me permît d'y rien comprendre. Tout à coup mon oreille est frappée du bruit de tes pas (car déjà je les aurais distingués entre mille autres) ; on t'annonce !... Quel moment ! ah ! mon ami !... une légère rougeur colorait tes joues ; tes beaux cheveux blonds en désordre semblaient environner ton front d'un rayon lumineux. Mon trouble était si grand que je ne sais encore ni ce que tu me dis ni ce que je pus te répondre : mais je revins à moi par l'excès même de mon agitation, en te voyant quitter le siège que tu avais pris d'abord, et te placer si près de moi, que mes vêtements touchaient presque les tiens. La nature a mis en nous des sentiments inexplicables. Cet instant où je compris que j'étais aimée fut peut-être le plus beau de ma vie, et pourtant mon premier mouvement fut de fuir. Tu me retins par ma robe et me fis retomber doucement sur mon siège, où je me trouvai presque dans tes bras. Hors de moi, ivre de joie, de crainte, d'espoir, je crus sans doute cacher une partie de mon trouble en reprenant mon livre, que ma main rencontra par hasard; mais tout ce que l'on fait dans ces moments d'ivresse pour retarder l'aveu de son amour semble au contraire servir à le hâter. Aussi agité que moi, t'en souvient-il? ô Dieu! tu feignis de vouloir regarder ce que je feignais de lire, et, sous ce vain prétexte, te rapprochant de plus en plus et penchant ta tête contre la mienne sur le livre que je tenais encore, tu achevas de porter l'orage dans mon sein. Ah! pourrai-je peindre ce que j'éprouvai lorsque je sentis ta main chercher ma main tremblante; lorsque dans le désordre de mes esprits mes yeux se portèrent sur toi... lorsqu'ils rencontrèrent les tiens?... Tous les feux de l'amour qui s'en seraient échappés à la fois m'eussent fait un effet moins rapide et moins violent. Un avenir entier de transports se déroula à l'instant devant moi. Je me sentais éperdue, égarée... j'entendais les battements de mon cœur. Mais la nature ne peut suffire à des émotions si vives. Mes idées se troublèrent, je retombai sans force, et j'allais succomber sous le poids de tant de délices, si les douces larmes du bonheur n'eussent enfin coulé à grands flots de mes yeux.

Ô mon bien-aimé! avais-tu besoin d'un autre aveu? aussi, avec quel emportement te précipitas-tu à mes genoux! Je crois encore sentir sur mes mains le feu des baisers dont tu les couvrais. J'entends encore ces noms d'amie, d'amante, d'épouse; ces expressions tendres et passionnées qui s'échappaient par torrents de ta bouche. Elles pénétrèrent jusqu'à mon cœur; elles le remplirent d'une pure ivresse; mes esprits se ranimèrent, et déjà, à travers les nuages qui semblaient te dérober à ma vue, je commençais à distinguer tes traits, lorsque le bruit d'une voiture m'annonça une visite.

Non! il n'est point de révolution qui puisse faire mourir, puisque je survécus à ce passage subit de l'enchantement de l'amour aux froides convenances de la société. Je me crus précipitée du ciel. Je jetai un cri douloureux et, dans mon trouble, sentant que nous avions à peine quelques secondes, je m'élançai dans tes bras où tu me pressas avec tant de force, que je crus un instant avoir cessé d'exister. Ô délices ! ô transports ! ô moments qui valez une vie entière !

Je ne conçois point comment, dans ce bouleversement de toutes nos facultés, nous pûmes comprendre qu'il fallait nous séparer ; mais on ouvrait des portes, notre seule émotion nous eût trahis ; j'eus le courage de te montrer un escalier dérobé ; tu sortis précipitamment, et je crus mon bonheur évanoui ; mais semblable à ces divinités bienfaisantes qui laissent après elles un parfum délicieux, tu n'étais pas disparu tout entier, et le charme de tes douces et pures caresses s'était répandu sur tout ce qui frappait mes yeux, et m'environnait encore d'une atmosphère de joie et de félicité.

Depuis ce moment, ô mon seul bien ! tu es devenu le principe sacré de toutes mes actions, de toutes mes pensées. Quand je te vois, je n'existe plus par moi-même. Quand tu es loin de moi, je dépose sans cesse sur le papier mes regrets, mes souvenirs, les brûlantes expressions de ma tendresse, et, quoique ces lettres couvrent souvent ma table avant que j'aie pu te les envoyer, elles m'offrent une sorte de bonheur que je ne puis comparer à aucun autre, et elles sont devenues, après toi, le premier besoin de mon âme. Enfin, malgré la contrainte et la cruelle séparation que ta raison m'impose, mes jours ne seraient qu'une longue suite d'enchantements, si le trait aigu de la jalousie n'avait atteint mon cœur. Mais dois-je m'en plaindre ? pouvais-je acheter moins cher le sentiment qui remplit ma vie de tant de délices, et est-il donné à l'homme de goûter sans mélange une félicité si grande, et si fort au-dessus de ce que la faiblesse humaine peut comprendre ?

Lettre VIII

Chère âme de ma vie, Charles ne peut tarder. Je m'enivre déjà du bonheur que je vais goûter, et je ne puis penser à autre chose. Je suis heureuse, heureuse comme je dois l'être, la plus heureuse des femmes. Ton billet du matin manque seul, dans ce moment, à ma félicité. Ah! comme ma main va trembler de joie en le recevant! comme je vais me hâter de me dérober à tous les regards pour qu'aucun œil profane ne saisisse sur mon front les sensations qu'il va me faire éprouver! car je ne crois pas que dans mon emportement j'irai le lire avec avidité : après en avoir regardé rapidement la dernière ligne, je me retirerai dans ce cabinet où j'ai reçu tes premiers serments; j'en fermerai la porte avec soin; je me placerai dans le siège que tu occupes ordinairement près de moi, et là, tout entière à l'amour, je savourerai lentement et avec délices le charme de chacune de tes douces paroles; je me plairai à contempler ces caractères tracés par ta main, à toucher ce papier que tu auras touché; je le presserai sur mon cœur, sur mes lèvres brûlantes, et, relisant cent fois les expressions de ta tendresse, je prolongerai ainsi mon illusion jusqu'au moment désiré qui te ramènera enfin près de moi.

Je crois entendre la voix de Charles.

Lettre IX

Je m'étais trompée, ce n'était pas lui. Je ne l'aperçois même pas de ma fenêtre, où déjà je suis allée dix fois; mais il ne peut tarder. Ma montre est là, sur ma table; j'ai suivi l'aiguille des yeux, même en écrivant; j'ai compté les minutes; je sais le temps qu'il faut pour aller, pour revenir; celui dont tu as besoin pour lire mes lettres, pour me répondre. Une heure suffit, et la voilà déjà écoulée. Mon ami, le croirais-tu? si dans quelques minutes Charles n'est pas ici... On vient... une lettre!... Elle n'est pas de toi. Le pli, la forme me l'avaient fait deviner à l'instant... Je l'ai parcourue; elle est d'Alfred. C'est une lettre d'amour. Une lettre d'amour! à moi!... qu'il est donc mal inspiré! Comment peut-on aimer une femme tout entière à un autre? Cela me semble une erreur de la nature. Cependant que ce jeune homme est agité! Qu'a-t-il donc pu me dire hier? Ne vaincrai-je jamais cette cruelle jalousie? Dis-moi, dis-moi ce que je dois faire. Je suis ton bien; dis-moi comment je dois le défendre.

Charles ne revient point; tout m'afflige aujourd'hui.

Lettre du comte Alfred de ***

(Incluse dans la précédente.)

Madame,

Au nom du ciel, daignez me dire si vous m'avez entendu hier au soir, et si votre silence était l'effet de votre indifférence, ou du trouble où vous paraissiez plongée. Je vous ai peint l'excès d'une passion dont rien ne peut vous faire comprendre la force, et vous ne m'avez point fait taire ; j'ai pressé votre main, et vous ne l'avez point retirée. Que dois-je croire ? Mes yeux ne se sont pas fermés de la nuit ; j'ai brûlé de mille feux ; j'ai souffert mille morts. Ô ange descendu du ciel pour charmer les hommes ! depuis plus d'un an je ne respire que pour vous. Si la retraite dans laquelle vous vivez ne m'a point permis de pénétrer jusqu'à vous, vous n'avez pas fait un seul pas dans le monde que je ne vous y aie suivie. Vous ne vous en serez pas aperçue sans doute. Comment un jeune et timide adorateur aurait-il pu être distingué dans cette foule enchantée qui vous environne dès que vous paraissez, et qui n'est même pas l'objet de votre attention ? Comment ma faible voix aurait-elle pu se faire entendre dans ce concert d'applaudissements que semblent moins vous attirer votre beauté, vos grâces, vos talents, que la noble simplicité qui vous les fait ignorer ? Comment mon hommage aurait-il pu parvenir jusqu'à celle qui est au-dessus de l'hommage des hommes ?... Cependant... ah !

je me jette à vos pieds ; pardonnez ce que je vais avoir la hardiesse de vous dire. J'ai vû, j'ai cru voir vos beaux yeux, image d'un ciel pur, se porter avec une tendre inquiétude sur quelqu'un que je n'ose nommer. Il m'a semblé... Non, je n'aurai jamais le courage de l'écrire. S'il est, s'il peut être quelque espoir pour moi, si personne n'a encore touché votre cœur, ah ! madame ! vous qui êtes si supérieure aux autres femmes, soyez au-dessus de leurs vaines dissimulations. Je vous en conjure, prenez pitié de ce que je souffre ; daignez m'écrire un mot, un mot indifférent, l'amour m'apprendra tout ce qu'il voudra dire. Mais si... Alors ne me répondez pas, faites-moi dire même que vous n'avez rien à me répondre ; enfoncez sans ménagement le poignard dans mon cœur : il a besoin d'un remède violent. Si je puis résister à ce coup terrible, peut-être l'idée de votre bonheur me donnera-t-elle la force de vivre, et de ne vous adorer que comme une divinité.

ALFRED, comte de ***

Lettre x

Personne encore !... Je ne comprends pas moi-même ce que je crains ; mais mon trouble s'accroît à chaque minute. Tout ce qui ne paraît pas naturel sert de prétexte aux âmes vives pour se tourmenter. L'amour de ce jeune homme m'afflige aussi. Je n'ai jamais conçu que l'on se fît un jeu des souffrances du cœur. On attendait ma réponse ; je l'avais oublié. Dans mon embarras j'ai fait dire que l'on n'avait pu encore me remettre sa lettre. Quel misérable détour ! il ne va pas à mon caractère ; l'amour dénature tout. Mon ami, tracez-moi ma conduite. Si ce jeune homme attend ma réponse avec autant d'anxiété que j'attends la vôtre, certes il est à plaindre. Cependant il se fait une bien autre idée de mon bonheur. Voilà les jugements des hommes !... Comme cette aiguille marche rapidement !... Jamais Charles n'a tant tardé... Je ne puis rester en place, je ne puis écrire ; je sens mes yeux se remplir de larmes. Pourquoi ? je ne sais, car il me semble que je ne pense plus à cette femme. J'attends votre billet aujourd'hui comme les autres jours ; il tarde, et voilà tout... Mais on donne à tout la teinte de son âme, et la soirée d'hier a rempli la mienne d'amertume. Ah ! les hommes !...

Lettre XI

Avez-vous jamais éprouvé, mon ami, ce que c'est que de chercher à apercevoir quelqu'un que l'on attend avec impatience? Une personne paraît, ce n'est pas celle-là; une autre, pas encore; une troisième, de même. Cependant, vingt autres se succèdent; la moindre ressemblance dans la taille, la marche, dans la forme, la couleur des vêtements, fait tressaillir, et, ballotté sans cesse entre mille sentiments contraires, la tête se trouble, la machine s'épuise, et on finit par se trouver dans un état si violent, qu'il approche du désespoir. Voilà où j'en suis. Pourtant, je dois le dire, je m'efforce de me cacher à moi-même l'excès de mon inquiétude. Plus elle me paraît avoir une cause réelle, et plus je cherche à me la dissimuler. Étrange force, étrange faiblesse du cœur humain! Lorsque, dans l'emportement de la passion, nous nous forgeons mille craintes chimériques, nous nous plaisons en quelque sorte à nous abandonner à ce délire. Il semble qu'une voix discrète nous dise qu'il peut n'être qu'un jeu de notre imagination; mais quand la certitude arrive; quand nous pouvons dire : *Cela est*, nous rentrons en nous-mêmes, nous devenons plus réservés, et nous cherchons à nous dissimuler même ce qui frappe nos yeux. Il y a quelques instants, rien n'arrêtait mes conjectures sur le retard de ce billet tant désiré, et maintenant je trouve mille raisons pour l'excuser. Je me dis que peut-être vous n'êtes pas encore réveillé, que quelque affaire imprévue vous empêche de me répondre ; comme si je n'étais pas votre première affaire ! J'en viens même à penser que vous êtes malade... malade !... cette pensée est horrible ; mais je la préfère encore à celles qui me rappellent cette femme ; cette femme dont l'image me poursuit sans cesse... La jalousie rend-elle donc barbare ?

Mon ami ! mon ami !... je viens de l'apercevoir...

Lettre XII

Il vient… il vient ! mais lentement ! plus lentement que de coutume ! Je ne sais si mon émotion trouble mes esprits ; mais je crois lui voir un air triste. Il porte souvent la main à son front, et ne paraît pas tenir ce billet qu'ordinairement j'aperçois de si loin… Il va être ici dans quelques secondes… le cœur me bat horriblement !… La cruelle incertitude où j'étais tout à l'heure ne me paraît rien auprès de ce que je souffre. Je l'entends ! le voilà ! Rien !… Ah ! Dieu ! rien…

Lettre XIII

Mes pressentiments ne me trompaient donc pas ! Point de lettre !... Mais cela ne serait rien encore : vous n'êtes pas chez vous. Vous êtes, dit-on, à la campagne. Vous êtes parti à une heure du matin. Une voiture est venue vous chercher ; une femme que l'on n'a pu distinguer vous a fait demander... Une femme !... Elle est restée dans la voiture ; elle paraissait vous attendre avec impatience : personne ne peut dire où vous êtes. Charles a en vain cherché à obtenir quelques lumières ; il savait à peine à qui s'adresser. L'homme de confiance qui vous remet secrètement mes lettres est parti avec vous. Le bon vieillard verse des larmes de l'affreuse douleur qu'il vient de me faire. Il pleure... il a tort, je ne pleure point, moi.

Lettre XIV

Il serait horrible de vous accuser de ce que j'entrevois, si vous en êtes innocent. Je recueille mes forces ; je retiens mes esprits prêts à s'égarer. Je cherche à voir ce que je dois croire, faire, penser. Je suis de sang-froid ; j'ai le sang-froid du désespoir.

Lettre XV

Je renvoie chez vous. Charles est vieux, timide ; il aura mal compris ; il aura craint de me compromettre. Un de mes gens, sûr et intelligent, vous porte mes lettres. Il ne me nommera pas ; mais il demandera réponse, et sous ce prétexte il parlera, il questionnera. Il sera de retour dans une demi-heure. Jusque-là je veux être tranquille. Je le suis, je crois l'être ; je ne verse pas une larme, la tête me brûle, je respire du feu ; mais mon âme est ferme, et mes yeux sont secs… Ingrat ! crois-tu donc que l'amour ôte tout sentiment de ce que l'on se doit à soi-même, et attends-tu si peu de mon courage, qu'il ne puisse chasser de mon cœur l'homme qui l'aurait si barbarement outragé ?

Lettre XVI

Tout ceci n'est-il pas un rêve, un délire de mon imagination? Êtes-vous parti; parti avec une femme? Oui, je cherche en vain à me le dissimuler : Charles ne peut s'être trompé à ce point. Vous êtes parti. Et si ce départ eût été une chose indifférente, vous ne m'en auriez pas fait mystère; vous m'auriez écrit, vous seriez venu, j'entendrais parler de vous; rien au monde, rien n'aurait pu vous décider à me livrer à ce torrent de fatales conjectures. Vous me connaissez, vous connaissez l'excès de ma tendresse, de mes jalousies, de mes injustices même. Je ne me suis pas cachée à vos yeux; je ne me suis point parée d'un vain héroïsme; je vous ai dit cent fois : Mon ami, prends garde à toi; ton infidélité me tuerait; et elle me tuera, je vous le répète; vous l'apprendrez trop tard. Et s'il est vrai (car vous me l'avez dit aussi quelquefois) que ce qui porte la mort dans mon sein ne serait rien pour une autre femme, qu'est-ce que cela me fait? La nature m'a faite ainsi; je ne puis me changer, vous ne l'ignorez pas. De ce qu'une âme est plus sensible qu'une autre, il ne s'ensuit pas que l'on ne doive pas la ménager davantage. L'instinct seul, l'instinct fait proportionner le coup à la force de celui qui le reçoit, et ce ne peut être sans intention que vous avez chargé mon cœur d'un fardeau de désespoir que vous savez bien qu'il ne peut supporter.

Mais je vois tout, je crois tout voir à présent. Que l'amour rend aveugle ! Vous n'aurez pas eu la force de m'annoncer vous-même mon malheur. Les hommes ne sont pas toujours aussi cruels qu'ils le voudraient ; ils appellent cela des procédés. Vous aurez voulu me préparer à tout par l'horrible soirée d'hier ; et vous serez parti. Vous aurez pensé que j'enverrais chez vous ; que ce ne serait pas vous qui me porteriez le coup mortel... Eh bien ! s'il en est ainsi, soyez content ; il est porté !

Lettre XVII

Que vous ai-je donc fait pour me causer tant de mal ? Mon amour, mon âme, ma vie, ne vous ai-je pas tout donné ? Depuis le premier instant où je vous ai vu, ai-je été une seule minute sans penser à vous ? ai-je formé un désir qui ne vous eût pas pour objet ? Si l'excès de ma passion m'aveugle sur ce que je devais faire pour vous plaire, pourquoi ne me l'avez-vous pas dit ? S'il est dans mes goûts, mes manières, mes habitudes, quelque chose qui vous ait blessé, pourquoi m'en avoir fait un mystère ? pourquoi m'avoir privée du bonheur de tout vous sacrifier ? Mes jalousies sont importunes, je le sais ; mais la source d'où elles partent ne devrait-elle pas vous les faire excuser ? Si c'est cela qui vous a déplu, ne deviez-vous pas au moins vous en plaindre ? et c'est ce que vous n'avez jamais fait, souvenez-vous-en bien, mon ami. Peut-être je n'aurais pu me vaincre, mais j'aurais pu le tenter, et si cet effort eût été au-dessus de mes forces, si j'eusse succombé, du moins ce n'aurait pas été votre faute, et je n'aurais pas ce terrible reproche à vous faire.

Mais où êtes-vous, que faites-vous, tandis que dans l'excès de mon imagination ma main tremblante trace ces caractères que vous ne lirez peut-être jamais ? Êtes-vous près de Mme de B *** ? vos yeux sont-ils fixés sur les siens ? lui jurez-vous ?... non, non, cela n'est pas possible. Votre absence, votre silence sont inexplicables ; mais je croirai tout, plutôt que de me persuader que cette femme puisse faire naître une seule émotion, dans une âme accoutumée au feu de la mienne.

Lettre XVIII

Il me semble quelquefois que je m'abuse, que tout va s'éclaircir. Ah ! mon bien-aimé ! s'il en était ainsi, l'amour te ferait comprendre que, comme un arbre coupé par la racine, privée de la chère nourriture de mon âme, j'ai pu sans t'offenser m'abandonner à l'orage des passions, aux égarements du désespoir.

Lettre XIX

Lisez, lisez, perfide ! apprenez comment le hasard vient enfin trahir de vos indignes secrets. J'attendais avec anxiété le retour de l'homme que j'avais envoyé chez vous, lorsque je l'ai vu de ma fenêtre parler à un de ses camarades. J'ai reconnu à l'instant la livrée de Mme de B***; j'ai frémi ; mais un trait de lumière m'a paru traverser mes esprits. Je me suis hâtée d'envoyer Charles interroger cet homme. Hélas ! il n'a pas même eu l'idée de rien cacher. Ces malheureux savent-ils garder les secrets de leurs maîtres ? Il a tout dit, entendez-vous, il a tout dit, et son rapport s'accorde entièrement avec celui qui a été fait chez vous. Elle est aussi à la campagne ; elle est aussi partie cette nuit. C'est elle, je n'en doute plus, qui est venue vous chercher. De grands et mystérieux préparatifs se font dans la maison ; on en ignore l'objet ; mais je le sais, moi : on attendait quelqu'un, et ce quelqu'un, c'est vous !...

Lettre XX

Vous êtes rentré tard, vous avez donné des ordres pour votre départ, et vous vous êtes mis à écrire. À une heure on vous a apporté une lettre ; une lettre !… quelques minutes après, cette femme est venue vous chercher… Vous êtes parti avec elle. Voilà ce que je viens d'apprendre. C'était donc là le sujet de cette longue conversation d'hier au soir ! Aveugle que j'étais !…

Lettre XXI

C'est maintenant qu'il faut voir ce que je dois faire, où je dois aller, à qui je dois m'adresser pour m'assurer par moi-même de mon malheur. Rester là, tranquille, renfermée dans cet appartement, tandis que l'on m'enlève mon bien, mon âme, ma vie !... Non, non, cela n'est pas possible ! Mais où aller ?... chez cette femme ?... plutôt mourir !... Chez vous ?... pourquoi non ?... vous n'y êtes pas... Dieu du ciel ! quel trait de lumière !... Si je gagnais vos gens... si je pénétrais dans votre cabinet... si j'y trouvais cette lettre !... d'autres !... Cette démarche serait affreuse ; mais est-il rien de pis que ce que je souffre ?

Lettre XXII

Mon parti est pris, me voilà plus tranquille : c'est chez vous que j'irai ; l'or m'ouvrira vos portes. Des rapports de domestiques ne peuvent me suffire. Il me faut des preuves, des preuves réelles, des lettres : ... cette lettre... je la trouverai, je dois la trouver. Qu'elle me fera de bien ! je la prendrai, je la lirai, je la relirai mille fois ; j'en rassasierai mes yeux, je la mettrai aussi sur mon cœur ; elle éteindra peut-être ce feu qui le dévore !... Barbare !...

Lettre XXIII

Aller chez vous !… oser !… moi, moi !… non, jamais !…

Lettre XXIV

Charles est déjà parti; je vais le suivre; il connaît vos gens, il prodiguera l'or, il disposera tout et m'attendra. Ses supplications, ses larmes, ses refus même, rien n'a pu m'arrêter. Qu'ai-je à ménager? je meurs à chaque instant; et si l'excès de ma douleur me fait succomber chez vous, j'y trouverai au moins quelque charme; et l'idée des remords qu'il faudra bien que vous éprouviez en me retrouvant mourante dans votre propre maison… cette idée semble déjà rafraîchir mon sang. Je pars…

Lettre XXV

Qu'ai-je fait ? malheureuse… où suis-je ? chez moi… Qui m'y a ramenée ?… Ah ! mes forces m'abandonnent… je ne vois plus… je n'entends plus !

Lettre XXVI

On a pu me faire revenir à moi ; me voilà… dans quel état, grand Dieu ! Je l'ai trouvé, ce que je cherchais ; je l'ai trouvé ; je suis sûre de mon malheur : je n'y survivrai pas ; mais je mourrai déshonorée… perdue… Vos gens… votre oncle… Mes larmes inondent ce papier… Il faut que je m'arrête, que je rappelle mes souvenirs, que je rassemble mes esprits égarés…

Lettre XXVII

Je reprends la plume, je suis bien mal. Charles me conjure de ne pas écrire ; mais le puis-je ? Lisez, lisez cette lettre, c'est la dernière que vous recevrez de moi ; on vous la remettra quand je ne serai plus. Apprenez mon malheur… le vôtre… ah ! mon Dieu !…

Par où commencer ? je ne sais ! je vois à peine ce que j'écris. Je suis partie au désespoir, je vous l'ai dit : … je suis partie, seule, à pied ; mes jambes tremblaient, une sueur froide couvrait mon front, une voix secrète me criait que j'allais à ma perte. Ah ! pourquoi ne l'ai-je pas écoutée ? Mais l'image de cette femme qui vous enlevait au milieu de la nuit semblait comme une furie s'attacher à me poursuivre. Hors de moi, je marchais avec tant d'agitation que je me trouvai près de votre demeure quand je m'en croyais encore bien loin. Que dans l'égarement de la passion nous savons peu nous-mêmes ce que nous désirons ! Je brûlais d'arriver ; mais quand je commençai à apercevoir votre porte, quand je vins à penser que je devais en franchir le seuil, à la vue d'un public entier, toutes mes résolutions s'évanouirent ; mon sang se retira vers mon cœur ; une barrière sans cesse renaissante me semblait s'élever devant chacun de mes pas. Poussée par mon désespoir, je la franchissais toujours, mais avec tant de peine et d'anxiété, qu'arrivée devant cette porte si effrayante pour moi, je ne sais ce que je crus voir, mais qu'il me parut que j'allais mourir. Dans cet état, j'aperçus confusément Charles qui vint à moi, suivi d'un de vos gens dont la vue acheva de m'anéantir. Il est si dur d'avoir à rougir devant un inférieur ! Sachant à peine ce que je faisais, je me hâtai de passer ce seuil fatal, et de suivre cet homme qui nous conduisit en silence jusqu'à la porte de votre appartement. Il fut quelques secondes avant d'en trouver la clef ; il me semblait entendre monter, descendre ; j'étais sur des charbons ardents ; il ouvrit enfin.

Dieu ! comme elles sont profondes les impressions que laissent en nous ces vives émotions de l'âme ! je crois encore entendre le bruit que fit cette porte en s'ouvrant et en se refermant sur moi ; il retentit jusqu'au fond de mon cœur ; il en chassa mes vaines frayeurs. J'étais chez vous… j'étais chez vous !… Toutes mes facultés se réunirent à l'instant sur cette seule pensée, et elle s'empara de moi avec tant de force et de rapidité, que j'en jetai un cri de joie. Je m'aperçus alors que j'étais seule avec Charles : il paraissait épouvanté. Le zèle et la frayeur lui donnaient une sorte d'éloquence qui m'agita un moment. Il me conjurait de retourner sur mes pas, il m'en pressait à genoux ; mais quelle puissance sur la terre eût pu m'y décider ! Je le rassurai ; il se retira, et je fus enfin seule.

Ici ma main tremble, mon front se couvre de rougeur. À quel excès l'amour ne porte-t-il pas ? Il m'avait fait séduire vos gens, violer votre asile, oublier tout ce que je me devais à moi-même. Eh bien, ce n'était encore que le commencement de ma honte. Dès que je me suis vue seule, une sorte d'ivresse désespérée s'est emparée de moi. J'ai cherché des portes, j'ai trouvé celle de votre cabinet ; j'y suis entrée, j'ai osé lire toutes vos lettres ; il n'est pas un seul de vos papiers qui ait échappé à mes avides regards. Bien plus, irritée d'une inutile recherche, j'ai enfin jeté les yeux sur votre secrétaire. Ah ! je les en avais détournés vingt fois ! Je me craignais moi-même. Il était fermé, j'y ai essayé toutes les clefs que j'ai pu trouver, une l'a ouvert; j'en ai frémi, et je me suis reculée avec effroi : il me semblait que je commettais un crime. Mais que ne peut la jalousie? je m'en suis rapprochée presque à l'instant, et le premier objet qui a frappé mes yeux (comment puis-je l'écrire sans en mourir de douleur!), le premier objet qui a frappé mes yeux a été une lettre ouverte, signée du nom de Mme de B ***, cette lettre que je cherchais, et dont la vue m'a causé la plus terrible révolution que j'aie éprouvée de ma vie. Ah! je l'avais bien méritée sans doute : ne valait-il donc pas mieux être trompée par vous jusqu'à mon dernier soupir? Mais ce n'était pas tout; quoique un tremblement convulsif m'empêchât de rien distinguer, j'avais saisi cette lettre, je la tenais, et j'allais être sûre enfin du plus affreux de mes malheurs, lorsqu'un bruit que j'entendis à la porte me fit tressaillir, et changea à l'instant la face de toutes mes pensées. Être surprise chez vous, et dans un pareil moment, me parut une chose horrible. Je fermai le secrétaire avec tant de précipitation que je brisai la clef dans la serrure; et, me retournant, j'aperçus... grand Dieu! j'aperçus l'homme que je crains le plus au monde, celui de qui dépend votre sort, votre oncle enfin, le prince de R ***, qui, sans doute n'ayant trouvé aucun de vos gens que la prudence de Charles avait écartés, avait pénétré jusqu'à moi, et qui me considérait froidement d'un air surpris et railleur.

Quel moment!... pardonne, ami, pardonne, s'il est possible que tu m'aimes encore! l'amour disparut entièrement de mon cœur; j'osai croire un instant que ses plus grands tourments n'étaient rien auprès des poignantes douleurs de l'honneur offensé. Je ne vis plus que la tache imprimée à ma vie par cette fatale rencontre; et, pour la première fois depuis mon malheur, mon courage m'abandonna entièrement, et des torrents de larmes s'échappèrent de mes yeux...

J'ai été forcée de m'arrêter. J'ai cru être à mon dernier moment. Mais il faut achever cette terrible tâche.

Je ne sais ce que devint cette fatale lettre. J'étais tombée sur un siège, dans un état digne de pitié. Le prince, sans doute pour se jouer de ma douleur, parut d'abord ne pas s'en apercevoir; il m'accablait au contraire d'excuses ironiques qui, quoique je les entendisse à peine, ajoutaient tellement à l'horreur de ma situation, que je croyais mes sanglots prêts à m'étouffer. Je ne sais ce que j'allais devenir; mais tout à coup, changeant de ton, il s'approcha de moi, il me pria de me calmer et de l'écouter; il m'appela sa chère nièce : et pour sceller, dit-il, notre réconciliation, il prit ma main, qu'il baisa à plusieurs reprises avec une familiarité qui ne lui est pas ordinaire, et qui, dans le trouble où j'étais, fit naître en moi subitement la plus affreuse de toutes les craintes. Je me levai effrayée, et voulus sortir. Il s'y opposa en se mettant sur mon passage. De plus en plus alarmée, je m'élançai vers la porte; mais se hâtant de la fermer, il osa me saisir par le bras pour m'arrêter; ce qui me causa une telle épouvante que, quoi qu'il pût me dire, je me dégageai avec violence, et me mis à fuir en jetant des cris aigus qui attirèrent bientôt Charles, suivi de tous vos gens. Non, je ne puis peindre ce qui se passa en moi quand je les entendis s'approcher. J'aurais voulu que la terre s'entrouvrît sous mes pas pour me soustraire à leurs regards : votre oncle se hâta de rentrer chez vous; mais il était trop tard, ils nous avaient aperçus. J'étais en pleurs, en désordre, pâle, épouvantée, poursuivie par un vieillard audacieux : que durent-ils penser, grand Dieu! l'humiliation pouvait-elle être plus forte? Je passai devant eux, accablée du poids de ma honte; jamais trajet ne me parut si long : une mer de feu m'eût semblé moins pénible à traverser; mais on a quelquefois une force que l'on ignore soi-même : je me vis enfin hors de votre maison ; la porte se referma sur moi, et je me crus soulagée de la plus cruelle de mes douleurs.

Hélas ! le sort ne voulait m'en épargner aucune. Charles me suivait ; je jetai les yeux sur lui, et je fus frappée du bouleversement de ses traits ; ils étaient comme décomposés. Je m'attendais à ses reproches, j'en avais besoin ; il ne m'en fit aucun. Que sa réserve me fit mal ! Elle me montra toute l'étendue de mon malheur ; je compris qu'il était sans remède. Je me vis tour à tour l'objet des railleries du prince de R ***, des injurieuses conjectures de vos gens, la fable de tout un public avide de malignité et de scandale ; et, soit que cette simple circonstance eût en effet comblé la mesure de mes maux, ou que mon âme épuisée ne pût plus suffire à des sensations si violentes, je tombai dans un véritable accès de désespoir, et mes esprits et mes forces m'abandonnèrent à la fois.

Je ne me rappelle plus le reste que comme un rêve. J'étais dans une sorte de délire, j'entendais un bruit confus de voix. Votre image, celle du prince de R ***, et, ce qui me confond, celle du jeune Alfred, étaient toujours devant mes yeux. J'ignore même comment je me trouvai dans une voiture qui me ramena chez moi. Je sais seulement que, dès que je m'y retrouvai, mes jambes tremblantes me portèrent vers cette table où je vous ai écrit tant de fois ; que je pris une plume et que j'écrivis. Vous savez tout ; mais ce que j'ai souffert en me retraçant tant d'affronts et de déshonneur auxquels je me suis exposée pour vous, ingrat, qui me trahissez, moi seule je puis le comprendre.

Allez cependant, allez chercher le prince de R ***, puisqu'il n'ignore plus rien ; hâtez-vous de l'apaiser, et de vous justifier du malheur de m'avoir aimée. Accusez-moi, sacrifiez-moi ; j'approuverai tout, je ne démentirai rien, pourvu qu'il ne me rende pas la cause de votre ruine, et que vous n'ayez pas ce reproche à faire à ma mémoire ; car je ne survivrai pas à tant de coups affreux.

Je vous en conjure aussi à genoux, au nom de tout ce qui vous est et vous fut cher au monde, qu'il ait voulu ou non abuser de mon horrible situation, obtenez de lui qu'il garde le secret sur cette fatale rencontre, et faites taire vos gens, à tel prix que ce soit ! Que je sois perdue ; que je succombe sous le poids de ma honte et de mon infortune ; mais que je ne sois point déshonorée quand je ne serai plus. C'est le seul, le dernier service que je vous demande ; après quoi je mourrai plus tranquille ; heureuse de perdre une vie que je ne puis plus vous consacrer.

Adieu, adieu… le voilà fini ce cruel récit, et mes forces m'abandonnent de nouveau. Il semble que je n'en avais conservé quelques restes que pour pouvoir vous instruire de mon malheur. Adieu donc, adieu pour la dernière fois !… Pour la dernière fois !… Oh ! mon Dieu !… à ce mot terrible tous mes sens se bouleversent, ma tête s'égare… une main de fer me semble déchirer mon cœur. Vais-je donc mourir ?… Oui… c'en est fait cette fois !… et j'en rends grâce au ciel… Adieu !… adieu !… je meurs au désespoir !…

Lettre XXVIII

Le cœur humain est inexplicable; me voilà presque tranquille : après une crise si violente qu'elle eût dû être la dernière de ma vie, la nature a repris ses droits; un profond sommeil s'est emparé de moi : j'ai pu être une heure entière sans penser à vous. En me réveillant même, je ne savais plus ce qui m'était arrivé; je sentais seulement que c'était quelque grand malheur; mes souvenirs vagues et confus semblaient se perdre dans le trouble de mes idées. Je les ai enfin retrouvés : mais la disposition du corps influe sur celle de l'âme; on n'éprouve pas deux fois de même la même douleur. Ce n'est plus un désespoir que je sens en moi, c'est une stupéfaction. Je ne conçois pas que vous ne soyez pas là, que je ne vous attende pas, que vous n'entriez pas dans cette chambre où tout ce qui frappe les yeux me paraît empreint du feu sacré de notre amour. Le souvenir de cette femme, de cette lettre, de ces indignes affronts que j'ai essuyés chez vous, ne me tire pas même de cet état. À chaque instant il couvre mon front d'une rougeur subite, mais le moment d'après je n'y attache aucune importance. Je viens à cette table et je vous écris; voilà tout; voilà la seule pensée qui me reste. Je ne sais où vous envoyer ces lettres, je ne sais quand vous les recevrez; mais je vous écris, cela me suffit. Ces caractères que je trace et que vous lirez me semblent un lien de votre âme à la mienne, et cette idée absorbe toutes les autres.

Enfin, vous le voyez, me voilà, je vis encore ; il me semble que je ne souffre plus. Ah ! sans doute il est un terme au-delà duquel le désespoir même ne peut plus rien sur nous ! Pourtant, je ne vous écrirai plus ; non, je ne vous écrirai plus ; je n'ai plus rien à vous dire. Qu'aurais-je encore à vous dire ?

Lettre XXIX

Si je ne vous écrivais pas, que ferais-je de mon temps, de moi-même ? l'amour tient tant de place dans la vie ! c'est quand il n'est plus là que l'on sent le poids de ces longues minutes qui doivent s'écouler sans lui ; c'est quand nous l'avons perdu que nous voyons qu'il était le motif de toutes nos actions, le charme de toutes nos pensées, le foyer de tous nos sentiments ; c'est alors seulement que nous comprenons bien ses véritables délices, et que, privés de la plus chère moitié de nous-mêmes, nous errons dans le vide de notre âme, et ne jetons plus autour de nous que des regards tristes et désenchantés. Voilà ce que j'éprouve. Vous ne m'aimez plus, tout est changé pour moi ; je ne suis plus même ce que j'étais avant de vous connaître. Je n'ai plus cette force, ce courage qui me distinguait, disait-on, des autres femmes. J'ai perdu jusqu'à ce noble orgueil qui tant de fois a fait bouillonner mon sang à la seule pensée d'un affront souvent imaginaire. Vous m'abandonnez, et je pleure ; vous m'outragez, et je veux mourir. Déchue des grandeurs de l'amour, je suis aussi déchue de moi-même ; je rentre dans la route commune de la vie, je ne suis plus qu'une femme ordinaire.

Lettre xxx

Juste Ciel ! que deviendrai-je ? qui me garantira de mon désespoir, de moi-même ? Je pleurais, mais je croyais être tranquille. Tout à coup, l'heure qui vous ramène chaque jour près de moi a sonné, et tous les poignards de la jalousie sont rentrés à la fois dans mon cœur. Depuis ce moment je suis dans un égarement qui m'épouvante. Il n'est point de projet que je ne forme ; de crainte, de délire, d'horribles idées qui ne s'emparent tour à tour de mon esprit. Tantôt je vais, je viens, j'écoute, je tressaille au moindre bruit. Tantôt je perds tout courage, je me sens prête à jeter des cris de douleur. Tout à l'heure je ne pouvais tenir dans cet appartement : j'ai voulu sortir ; pour aller où !... Je ne sais... peut-être encore chez vous. Je descendais précipitamment ; mais je ne puis faire un pas dans cette affreuse journée, qui ne me devienne une honte ou un désespoir : j'ai vu venir quelqu'un ; c'était Alfred... – Alfred !... – Que me voulait-il ? Je suis remontée avec effroi, j'ai défendu qu'on le laissât entrer, et je me suis trouvée, je ne sais comment, dans mon cabinet. Là, mes idées ont encore changé de face ; mais cette fois, ah ! mon ami ! c'était la raison, la pure raison qui m'éclairait. En me revoyant dans ce sanctuaire des arts, entourée des objets qui si longtemps ont fait mon bonheur et ma joie, un voile est comme tombé de dessus mes yeux ; je me suis sentie rougir ; un sentiment qui ressemblait à l'orgueil offensé, que dis-je ? à la colère, s'est emparé de moi. J'ai sonné ; je voulais faire rappeler Alfred. J'étais indignée d'avoir craint de me montrer à tous les yeux. Si vous fussiez entré dans ce moment, si vous vous fussiez jeté, suppliant, à mes genoux, je crois que je vous aurais repoussé ; en vérité je le crois. Je me promenais avec fierté, jetant des regards satisfaits sur tout ce qui m'environnait… Mais qu'est-ce que les chimères de l'orgueil auprès des angoisses de l'amour ? Sans que je sache comment ce vain échafaudage de courage s'est tout à coup écroulé, je suis tombée mourante sur un siège… Il est encore humide de mes larmes !

Lettre XXXI

Les heures s'écoulent, la nuit approche, et rien ! rien ! pas une ligne, pas un mot, pas un de ces simples égards que l'indifférence même ne refuserait pas au cœur malheureux et souffrant !... Adieu donc !

Adieu, ingrat ; adieu, parjure ; adieu, lâche et indigne amant ! Tu t'es fait un jeu cruel de tout ce qu'il y a de plus sacré dans l'univers, de la foi des promesses, de l'honneur d'une femme, des transports de l'amour, des épanchements d'une âme pure qui s'élançait vers toi ! mais je ne crois pas que ce crime du cœur restera impuni. La nature ne plie pas ses lois à la folle inconstance des hommes. Il y a entre deux êtres qui se sont aimés des liens sacrés et involontaires que l'on ne rompt pas si facilement, et qui, pour le supplice de l'amant infidèle, enchaînent encore son cœur longtemps après qu'il croit les avoir brisés.

Voilà le sort qui t'attend ; le voilà, perfide ! mon image te poursuivra jusque dans les bras de cette femme ; tu ne verras jamais sans tressaillir les lieux que nous avons parcourus ensemble. Dans le monde même, dans ce monde frivole où l'oubli des chagrins semble le premier des devoirs, un mot, un geste d'une autre femme me rappelleront subitement à ta pensée ; la forme, la couleur d'un vêtement te causeront un frémissement involontaire. Si c'est l'ambition qui me ravit ton cœur (et cela est possible), elle deviendra pour toi une nouvelle source de tourments ; heureux, je manquerai à ton bonheur ; honoré, je manquerai à ta gloire ; malheureux, je manquerai à ta consolation ; car l'amour véritable se compose de tant de choses ! tu sentiras à chaque instant du jour qu'il n'est pas donné à l'homme de trouver deux fois une âme qui sympathise en tout avec la sienne ; cette idée s'attachera à mon souvenir, que pour ton malheur elle embellira de plus d'attraits que je n'en ai jamais eu. Tu t'exagéreras tour à tour ces vains agréments, ces talents surtout qui flattent tant les hommes, et dont la femme qui aime fait si peu de cas. L'univers même, l'univers, où tu ne me verras plus, ne sera pour toi qu'une vaste solitude ; tu me regretteras enfin à ton dernier soupir ; et moi, dans la tombe où tu me fais descendre… (car ce n'est pas un mot, une vaine expression ; je ne puis vivre longtemps dans l'affreux état où je suis. Charles, qui ne me quitte plus, mes femmes qui m'entourent et qui pleurent, tout me dit que mon malheur va finir avec ma vie.) Mais moi, dans la tombe où tu me fais descendre, moi, trahie, abandonnée, perdue ; moi, je n'emporte au moins que la douleur d'avoir été trompée ! Adieu !

Lettre XXXII

Reviens à moi, mon amour, mon ange, mon seul bien! Reviens, je t'en conjure. Cette femme t'a séduit, je le vois; tu n'auras pu résister : les hommes ont, dit-on, cet horrible privilège. Eh bien, le ciel sait ce que cette pensée me fait éprouver de douleurs; mais il n'en est pas pour moi de plus affreuse que celle de te perdre.

Reviens, reviens, je t'en conjure; mes bras, mon cœur te sont ouverts; mes larmes, mes feux te purifieront de cette indigne profanation. Reviens! ne crains pas mes reproches, je ne t'en ferai pas, j'oublierai tout; ma bouche ne s'ouvrira que pour te parler de mon bonheur. Que serait un pardon s'il était acheté si cher! Et si tu crains la honte d'un repentir (car l'orgueil des hommes se mêle souvent à leurs plus doux sentiments), fais seulement que je puisse le soupçonner, et je t'épargnerai jusqu'à la moindre démarche. En tel lieu que tu sois, à la campagne, chez toi, chez cette femme, je volerai t'arracher de ses bras. Ce sera tout risquer, je le sens; ce sera m'exposer encore au blâme, aux vains discours du monde; mais qu'est-ce que cela auprès de ce que je souffre? Ce monde si redouté nous a-t-il jamais payé des sacrifices que nous lui faisons? Oui, dis un mot, et je pars. Je te chercherai, je te trouverai; je te trouverai près de cette femme; je n'y résisterai pas, je le sens : je tomberai là, devant toi, mourante. Mais tu ne me repousseras pas; non, tu ne me repousseras pas, et je serai sauvée!

Dis-moi, dis-moi donc que tu ne me repousseras pas, mon ange, mon âme, ma vie! Comment résisterais-tu à ton amie expirante? comment sentirais-tu tes mains pressées dans ses mains brûlantes sans en être ému jusqu'au fond de l'âme? comment nos regards pourraient-ils se rencontrer sans qu'une attraction involontaire nous fît voler dans les bras l'un de l'autre? N'est-il pas entre les amants des sympathies mystérieuses que rien ne saurait expliquer? Et quand cela ne serait pas, qui me dit que l'idée du mal que tu me fais n'a pas touché ton cœur; que dans ce moment même tu ne reviens pas à moi? Car tu n'es pas insensible, tu ne l'es pas; je ne t'aurais pas aimé si le feu de la sensibilité, ce feu divin que l'on ne peut confondre avec un autre, n'eût éclaté dans chacun de tes traits. Ah! que ces idées sont douces et consolantes! comme elles me font de bien! comme j'en avais besoin! Oui, m'y voilà résolue. Je veux tout risquer, je veux t'envoyer cette lettre, je veux... Mais j'entends quelqu'un, si c'était toi... Ah! mon Dieu!... il faudrait donc en mourir de bonheur!... Non, c'est, me dit-on, Alfred; Alfred, toujours Alfred! Que me veut-il? que peut-il me vouloir? S'obstine-t-il donc à me poursuivre? Je ne veux pas le voir; je ne veux voir personne.

Lettre XXXIII

C'en est fait ! tout est perdu cette fois ; amour, honneur, tout... Le coup a été affreux ; mais il est un bienfait du ciel : il m'a rendue à moi-même, j'ai retrouvé tout mon courage.

C'était Alfred ; je vous l'ai dit. J'ai refusé de le voir : il insistait ; j'ai refusé de nouveau ; mais, étonnée, je cherchais à deviner ce qu'il pouvait avoir à me dire, et je marchais avec agitation, lorsque, passant devant une porte qui était restée ouverte, je l'ai entendu parler avec Charles. Au son de sa voix, à quelques mots étranges qu'il a prononcés, il s'est passé en moi quelque chose d'extraordinaire. Mille souvenirs confus se sont tout à coup présentés à mon esprit. Dès qu'il a été parti, je me suis hâtée de faire venir Charles et de l'interroger. Ah ! pourquoi ne l'ai-je pas fait plus tôt ? Malheureuse ! il ne manque plus rien à ma honte ! Alfred en est témoin ; et, pour comble d'horreur, sans lui elle eût été publique. Il était venu chez moi ; le hasard l'a conduit sur ma route à l'instant où je sortais de votre maison ; j'étais dans un véritable délire ; il m'a aperçue, il a volé à mon secours, il a écarté avec fureur une foule oisive et curieuse qui m'entourait déjà, il a résisté même au prince de R *** qui était accouru, et qui voulait que je rentrasse chez vous, et, me prenant dans ses bras, il m'a portée dans sa voiture où il a forcé Charles de monter. Il s'est placé près de moi ; il était pâle et tremblant; il n'a pas dit une seule parole, et, voyant que je commençais à reprendre connaissance, il est parti en me remettant aux soins de Charles. Voilà ce que je viens d'apprendre, et ce que je me rappelle maintenant comme un songe épouvantable qu'un hasard retracerait subitement à ma pensée. Que vais-je devenir? je ne sais. Mon avenir, ma vie, sont entre les mains du sort, entre les vôtres; mais je dois, avant tout, sauver mon honneur : je dois sauver l'honneur de la femme que vous avez aimée. Si j'ai pu dire le contraire, si j'ai pu le penser, je m'abusais, la douleur m'égarait. L'amour au désespoir fait désirer la mort; il peut la donner sans doute; mais l'honneur!... Ah! l'honneur est encore autre chose! il n'est pas seulement dans l'âme, il est dans le sang; il est né avec nous, il doit nous survivre, et la dernière pulsation de notre cœur doit nous donner encore la force de le défendre. Je viens d'écrire à ce jeune homme; je le prie de venir à l'instant même. Je l'attends, je ne lui cacherai rien; il saura que s'il m'a vue sortir de chez vous, et dans cet état horrible, c'est que je vous ai donné ma foi, que j'allais vous donner ma main, que vous m'avez indignement trahie; il verra mon désespoir, il en connaîtra toutes les causes : le caractère de vérité empreint dans chacune de mes paroles les fera pénétrer jusqu'à son cœur. Peut-être me prêtera-t-il un généreux secours pour achever d'éclaircir ce terrible mystère; et si je n'y survis pas, une voix pourra au moins s'élever en ma faveur, et me justifier aux yeux du prince de R ***, de Mme de B ***, du monde entier! Ah! que cette résolution porte de calme dans mon sang! De quel poids je serai soulagée quand j'aurai tout appris à ce jeune homme!... Mais qu'il tarde à venir!... comme elles sont longues les minutes de déshonneur! Si on n'avait pu le trouver; s'il n'était point chez lui... Je me sens hors de moi... Qui m'eût dit hier qu'un autre que vous m'eût jamais causé des sensations si extraordinaires !... Mais j'entends quelqu'un... C'est lui !... Grand Dieu !... Un jeune homme... à cette heure ! seule !... Qu'ai-je fait ?... Vous saurez tout ; je vous écrirai jusqu'à mon dernier soupir ; vous saurez tout.

Lettre XXXIV

Dieu du ciel ! qui aurait pu le croire ? Je ne vous ai point vu, et le calme est rentré dans mon sein. Ah ! qu'une âme généreuse est un beau présent de la Divinité ! Que ce jeune homme mérite d'être heureux ! Avec quel noble dévouement il a renoncé aux plus chers désirs de son cœur pour porter dans le mien le baume consolateur de l'espérance ! Quoi ! je retrouverais l'honneur que je croyais perdu ! Quoi ! vous m'aimeriez encore ! Oui, si j'en crois votre rival même, cet ange descendu du ciel, dont l'éloquence persuasive a ranimé mes esprits égarés, et m'a forcée à douter au moins de mon malheur ! Mais ce n'est pas assez pour lui : rien arrête-t-il une belle âme qui conçoit l'idée d'une belle action ? Il ne veut confier qu'à lui le soin de hâter mon bonheur. Il est malheureux ; il connaît le prix d'une minute de moins de souffrance ; il vient de partir ; il va chez Mme de B ***, chez ses amis, chez les vôtres. À tel prix que ce soit, il saura tout. Il ne me cachera rien, je l'ai exigé, il me l'a promis, et dans une heure au plus il viendra m'apporter ou la vie ou la mort.

Que vous apprendrai-je encore ? tout, ah ! oui, tout : vous allez tout savoir. Ce jeune homme m'aime ; et quoiqu'il ne soit pas dans mon cœur une seule fibre que l'amour puisse émouvoir pour un autre que vous, vous ne devez rien ignorer de ce qu'il a pu me dire ; mais je ne sais pas moi-même ce que j'éprouve ; je suis ivre de joie, d'espoir, de crainte : il faut que je me lève, que je marche, que je respire, que je m'accoutume à l'idée de mon bonheur ; que je puisse parler d'autre chose. Ah ! mon ami ! hier si aimée, si heureuse ! aujourd'hui dans un état si violent ; obligée d'avoir recours à un étranger, à un homme épris de moi, pour m'assurer de votre amour !... Par quelle suite d'affreux enchantements me trouvé-je dans cette situation que je comprends à peine...

Il est donc entré comme je vous écrivais encore ; il était à mes genoux avant que j'eusse eu même la pensée de l'en empêcher. Je me rappelai tout à coup sa lettre du matin (qui le croirait ? je l'avais oubliée). Aussi troublée que lui, je le forçai de se lever et de s'asseoir, et je voulus commencer ma pénible confidence. Je me souviens que j'hésitais, que je balbutiais, que je ne savais de quels termes me servir ; mais je n'eus pas besoin de m'expliquer longtemps, il me comprit dès les premiers mots. Je le vis pâlir ; il se leva, et, cachant sa figure avec ses mains, il sortit précipitamment, me laissant dans une confusion qui devint bientôt un véritable désespoir. Abandonnée par celui en qui j'avais mis toutes mes espérances, par le seul être à qui je pusse parler de vous, mon premier mouvement fut de le suivre et de le forcer à m'écouter. C'en était trop, je le sens à présent ; mais il est si difficile de garder de justes mesures dans ces vives émotions de l'âme ! Je le rejoignis à temps, et, le retenant avec cette force que donne la douleur, je le conjurai de revenir sur ses pas. Il s'arrêta, mais il restait immobile : plus je parlais, moins il paraissait m'entendre. Enfin, quoi que je pusse dire, il s'éloigna, ou plutôt il se mit à fuir de nouveau ; et moi... moi... Que ce que l'amour nous fait faire nous avilirait souvent, si la source n'en était pas si sacrée ! moi, naguère si fière, si respectée, si obéie, je ne sus que m'écrier, en étendant vers lui mes mains suppliantes : « Alfred !

Alfred ! je suis malheureuse ! soyez au moins mon ami, mon généreux défenseur ! »

Ô charme du sentiment ! ô pouvoir d'une douce et affectueuse parole ! À peine il m'eut entendue, il revint sur ses pas ; il me considéra un instant ; et, se mettant à mes genoux, il me dit d'une voix altérée qui retentit encore à mon oreille : « Ordonnez ; je vous avais consacré mon âme, ma vie ; qu'est-ce auprès de cela que tout le reste ? » En achevant ces mots, il parut prêt à s'évanouir. Accablée moi-même sous le poids de ma confusion, j'eus à peine la force de lui tendre la main : il la saisit et voulut la porter à sa bouche ; une larme tomba dessus, elle était brûlante ; je la retirai sans dire une seule parole ; je n'avais plus d'expressions, et je me sentais mal avec moi-même. Je me hâtai de rentrer dans mon cabinet, où il me suivit, et ce ne fut qu'après un long silence que je pus reprendre mon triste récit.

Il m'écouta avec attention. Chaque mot que je disais ranimait en moi le sentiment de mon malheur, je retrouvai bientôt ma force et mon courage, et je lui dévoilai la vérité tout entière. Mes craintes, mes douleurs, mon imprudente démarche, je lui appris tout ; mais rien ne paraissait l'émouvoir : seulement, lorsque je parlais de cette femme, des preuves que je croyais avoir de votre perfidie, il souriait mélancoliquement, et une douce pitié se répandait sur tous ses traits. Qu'elle me faisait de bien, grand Dieu ! comme je désirais ardemment qu'il me trouvât ridicule et insensée ! Avec quelle avidité je cherchais à lire ce sentiment dans ses regards ! Il les détournait d'abord, comme s'il eût craint de se laisser deviner ; mais s'élevant tout à coup au-dessus de lui-même, et prenant la parole avec ce ton de vérité simple et irrésistible qui fait évanouir comme un songe toutes les vaines chimères, il me prouva, je sais à peine comment, que mon imagination ardente avait tout supposé ; que vous ne pouviez m'abandonner pour Mme de B ***. Il sut me rassurer même sur les suites de ma fatale démarche chez vous, et il ajouta (ce sont ses propres expressions, mon ami) que, s'il était possible que mon honneur en reçût quelque atteinte, vous répareriez bientôt, quoi qu'il pût en arriver, une faute que l'amour seul m'avait fait commettre.

Ah ! qu'il est beau le rôle de consolateur ! comme il sied bien à l'homme ! comme il l'élève ! comme il le rapproche de l'idée que nous nous faisons de la Divinité ! Alfred me parut en ce moment un être plus qu'humain. À mesure qu'il parlait, mes yeux semblaient s'ouvrir, les événements se déroulaient naturellement devant moi, et l'espérance descendait dans mon sein comme un ruisseau bienfaisant et tranquille, et détendait toutes les cordes de mon âme. Cependant le bonheur que je commençais à retrouver augmentait encore en moi le besoin d'éclaircir tant d'étranges mystères. Alfred seul le pouvait ; je le sentais, mais je n'osais le dire. Il comprit mon silence. Il partit, je vous l'ai dit, je l'attends ; voilà tout.

Lettre XXXV

Quoi ! je vous reverrais là ? quoi ! vous vous placeriez encore là, près de moi ? Quoi ! nous retrouverions ces longues heures de pures délices, ces doux épanchements de nos âmes ; ce silence même qu'enchantaient nos regards, et après lequel la première parole, si tendre fût-elle, nous paraissait toujours si froide et indifférente ! Ô Dieu ! serait-il donc possible ?

Lettre XXXVI

Oui, mon ami ; oui, douce et chère moitié de moi-même, j'ai été injuste, je le sens ; et je jouis de te le dire avant qu'Alfred revienne. Je veux un jour, lorsque dans le calme de nos doux entretiens nous parlerons de ce terrible orage, je veux pouvoir te rappeler que mon cœur t'a justifié de lui-même, et que, malheureuse, abandonnée, prête à succomber sous le poids de la douleur, ton amie a douté du rapport de ses sens plutôt que du cœur de celui qu'elle aime.

Lettre XXXVII

Lisez.

Madame,

Ma main tremble en écrivant cette lettre. J'ai pu résister au coup affreux que vous m'avez porté ; vous étiez malheureuse et vous aviez besoin de moi ; mais mon courage s'évanouit tout entier à l'idée du mal que je vais vous faire. Il est au-dessus de mes forces de remplir moi-même cette cruelle tâche. Cette lettre me précédera ; mais je la suivrai bientôt, pour vous porter les consolations d'un cœur accoutumé à vous aimer sans espoir.

J'ai fait pour vous, madame, ce qu'aucune puissance sur la terre n'aurait pu me faire faire. J'ai séduit les gens de Mme de B ***. Ils m'ont appris tout ce qu'ils savent, préparez-vous à tout.

C'est avec elle en effet que votre ami est parti cette nuit ; mais une autre dame que l'on n'aura pas remarquée l'accompagnait. Ils sont allés à la campagne, où plusieurs amis les attendaient. En arrivant, Mme de B *** a renvoyé tous ses gens à la ville, à l'exception de quelques personnes de confiance ; mais on n'a pu leur laisser ignorer entièrement la cause de tant de mystères. Au nom du ciel, madame, rassemblez ici vos forces ; ma propre émotion redouble tellement que vous aurez peine à lire ces caractères. Mme de B *** a dû être mariée secrètement cette nuit. On ne sait pas avec qui; mais tout le monde est revenu ce matin à la ville, à l'exception de cette dame et de votre ami, et cette dernière circonstance fixe l'opinion sur lui. On va même jusqu'à dire que le prince de R *** a mis à ce prix l'arrangement de ses affaires de famille qui viennent d'être terminées, et qu'il donne ce soir à ce sujet une fête à la fin de laquelle le mariage sera déclaré.

Je ne vous cache rien, madame; vous l'avez exigé, et je crois que votre âme supportera plutôt un grand malheur qu'une plus longue incertitude; mais je vous le demande à genoux, attendez, avant de rien croire, que je m'assure moi-même de la vérité de ces bruits, qui peuvent n'être que de ridicules conjectures. Le prince de R *** donne en effet une fête ce soir. Plusieurs personnes que j'ai vues allaient s'y rendre. Je vais m'établir à sa porte, dans ma voiture, qui ne sera pas remarquée dans la foule, et d'où je pourrai reconnaître les personnes qui arriveront. Un homme sûr observera et s'informera de son côté, et si Mme de B *** et votre ami paraissent, si le bruit de leur mariage se confirme, recevez ma parole, cette parole à laquelle je n'ai jamais manqué, que j'irai à l'instant vous le dire.

Enfin, madame, apprenez ce que je viens d'apprendre moi-même, et que l'honneur indigné vous donne un courage qui vous est nécessaire. Votre amour, qui s'est trahi dans mille circonstances, n'est plus un secret que pour peu de personnes, et s'il était vrai que votre ami vous eût abandonnée si lâchement, s'il avait méconnu à ce point l'ange que le ciel lui avait donné dans sa bonté, ce ne serait pas du désespoir qu'il faudrait; votre honneur aurait besoin d'une réparation éclatante. Il me reste donc un bonheur à goûter sur la terre. Je puis vous venger, ou mourir pour vous.

ALFRED, comte de ***

Réponse

Non, non, ne me vengez point. Que j'expire au moins sans cette horrible pensée…

Lettre XXXVIII

L'amour!… Qu'est-ce que l'amour?… Un caprice, une fantaisie, une surprise du cœur, peut-être des sens; un charme qui se répand sur les yeux, qui les fascine, qui s'attache aux traits, aux formes, aux vêtements même d'un être que le hasard seul nous fait rencontrer. Ne le rencontrons-nous pas? rien ne nous en avertit, ne nous trouble… nous continuons de vivre, d'exister, de chercher des plaisirs, d'en trouver, de poursuivre notre carrière comme si rien ne nous manquait!… L'amour n'est donc pas une condition inévitable de la vie, il n'en est qu'une circonstance, un désordre, une époque… que dis-je? un malheur! une crise… une crise terrible… elle passe, et voilà tout.

Lettre XXXIX

Grâces, grâces te soient rendues, ami ! Je t'avais consacré toute mon existence ; je passais ma vie à t'attendre, à t'écrire, à m'occuper de toi. Quand tu paraissais, une folle joie bouleversait mes sens : mon âme amollie semblait se fondre dans la tienne, et, misérable esclave privée de ses plus nobles facultés, je cherchais à lire sur ton front mes désirs, mes sentiments, mes moindres sensations. Grâces, grâces te soient rendues ! Emportée, par un fol amour, dans un monde idéal dont je t'avais fait la divinité, tout le reste de l'univers était anéanti pour moi. Les lumières de l'esprit, les grandeurs de la nature, tout ce qui élève et ennoblit l'homme n'était plus à mes yeux que de vaines jouissances abandonnées aux âmes vulgaires ; et sur ce trône d'amour où je t'avais placé, la mort dans tes bras (combien de fois ne te l'ai-je pas répété !), la mort dans tes bras m'eût paru mille fois préférable à de longs jours de gloire et de prospérité. Grâces, grâces te soient rendues ! tu m'as lâchement trahie ; tu t'es mis à ta place ; tu m'as remise à la mienne !

Lettre XL

Pourquoi ces larmes, ces cris, ce désespoir ? de quoi puis-je me plaindre ? ma vie, mon sang, ne bouillonnent-ils pas encore dans mes veines ? tout l'avenir ne s'est-il pas rouvert devant moi ? J'ai été trompée ?... eh bien, n'est-il pas beau d'être trompée ? n'est-ce pas la gloire des âmes pures ? Que me parle-t-on de déshonneur ! S'il fallait paraître devant le tribunal de l'honneur même, je dirais : *Je l'aimais ;* ce mot suffirait pour ma défense. Que dirais-tu pour la tienne ?

Lettre XLI

Quel cœur battra contre le mien ? Quelle main pressera la mienne ? De quel regard verrai-je s'échapper ces traits de flamme qui, semblables à des émanations de la Divinité, portaient dans mon âme mille transports de joie et d'amour ?

Lettre XLII

Si je me mêlais aussi dans la foule ! si je vous voyais descendre de voiture avec cette femme ! si j'expirais devant vous au moment où vos oreilles seraient frappées de la première harmonie de cette fête !... Mais quoi ! m'exposer encore aux regards des valets qui peut-être souilleraient d'un rire grossier les nobles douleurs de mon âme !... Non.

Lettre XLIII

Vous croyez que je m'abandonne au désespoir ! Eh bien, vous vous trompez. Je vais, je viens, je ris, je chante. Me voilà parée, brillante de parure. Tout à coup je me suis dit : C'est à cette fête même qu'il faut aller, c'est là qu'il faut paraître, conduite par celui qui a pris pitié de moi dans mon malheur ; et à l'instant, tout ce que le luxe peut avoir inventé d'éclat et de magnificence a été employé pour m'embellir. Pour la première fois de ma vie peut-être, j'ai cherché à plaire par ces vains attraits que la nature m'a donnés ; mais je l'ai cherché avec passion, avec fureur. Je me suis regardée, et j'ai été éblouie. Je veux que, quand je paraîtrai à cette fête, un murmure d'admiration s'élève de toutes parts et retentisse jusque dans ton cœur ; je m'avancerai en triomphe, je te verrai près de cette femme, et je passerai, après t'avoir jeté un regard de dédain et de mépris.

Me voilà tranquille, tout à fait tranquille. J'ai rassemblé mes lettres ; elles sont déjà chez vous : vous les y trouverez à votre retour, vous les lirez : ce sera ma seule vengeance, mais elle sera terrible.

On vient, c'est Alfred ! Dieu ! qu'il paraît troublé !

Lettre XLIV

Ami, ami, cette lettre est mon testament de mort : c'est à genoux que je l'écris. Vous ne m'aimez plus, vous avez raison. Voilà ce qui vient de m'arriver.

Alfred est le plus généreux des hommes; mais c'est un homme; et moi... je ne suis qu'une faible femme que la passion égare. Lorsqu'il est entré, je me croyais au-dessus de tout; mais quand j'ai vu la pâleur qui couvrait son front, mon sang a commencé à se glacer, et quand il m'a dit qu'il venait de vous voir descendre de voiture avec cette femme (car il me l'a dit), tous deux riants et parés comme en un jour de fête (car il me l'a dit); quand j'ai compris que le bruit de votre mariage s'était répandu partout, et que l'espérance était perdue pour moi, je n'ai plus rien vu, rien entendu; je suis restée là, immobile, éperdue, et seule, seule avec un jeune homme, au milieu de la nuit! Ah! n'était-ce pas déjà une faute impardonnable?

J'ai été longtemps dans cet état; je ne pensais pas, je ne souffrais pas, je me croyais seulement abandonnée de l'univers, et comme si je n'existais plus. Mais tout à coup, ô Dieu!... j'ai senti mes mains, mes bras pressés entre les mains tremblantes d'un homme assis près de moi, et qui les couvrait d'ardents baisers. Égarée, en délire et tout entière à vous et à mon malheur, quelle autre idée que la vôtre pouvait se présenter à ma pensée? Il me semblait, je m'en souviens comme d'une sorte de vision, il me semblait que vous reveniez à moi repentant et désolé ; une seule lumière brûlait encore, mais faiblement ; je vous voyais ; je croyais distinguer chacun de vos traits, et, hors de moi, transportée de joie, d'amour, j'ouvris les bras... ô Ciel ! j'ouvris les bras et je crus me précipiter dans les vôtres en vous accablant des noms les plus tendres ; mais je me sentis repoussée violemment, et j'entendis Alfred s'écrier, car c'était lui : « Non, non, restez pure comme votre âme, mais sachez-moi gré de ce sacrifice ; il est au-dessus des forces humaines. » Il disparut à l'instant... Et moi... moi... que vous dirai-je ? Au son de cette voix qui n'était pas la vôtre, à ces horribles paroles que des milliers de siècles n'effaceraient pas de mon souvenir, je me crus frappée de la foudre ; j'ai jeté des cris douloureux ; des flots de larmes ont jailli de mes yeux ; je courais çà et là comme une insensée, dans une crise de désespoir dont je vous épargne le fatal récit. M'être mise moi-même dans cette affreuse situation !... Avoir pu faire penser !... supposer ! moi... moi... et vous avoir perdu à jamais !... ah ! c'en était trop ! mon sort était décidé. Dès que la nature épuisée m'a laissé quelque calme, j'ai pris la résolution de mourir, et je vais l'exécuter. J'en ai trouvé à l'instant les moyens : le fatal breuvage est là, devant mes yeux, sur cette table où je vous écris. J'ai réservé cette lettre pour la dernière action de ma vie ; j'ai voulu vous répéter encore avant d'expirer que, malgré votre trahison, tant que mon cœur battra vous l'occuperez tout entier, et que sa dernière pulsation sera pour vous.

Adieu. Quand vous lirez ces caractères vous n'aurez plus d'amie.

Une lettre !... une lettre de vous ! Dieu du ciel !...

Billet

(Écrit au crayon.)

Chère, bien chère amie, hâte-toi de lire la lettre que je t'envoie. Tu aurais dû la recevoir hier. Dans le trouble de mon départ, Henri a oublié de la faire porter chez toi : il la retrouve, et me la rapporte tout épouvanté. Qu'auras-tu fait ? qu'auras-tu pensé ? ne pas même savoir où j'étais !… Ah ! pauvre amie, c'en était trop pour toi ! Mais que veut me dire mon oncle ? il me raille sur mon bonheur ; il me prie de faire sa paix avec toi : qu'est-ce que j'entrevois ?… Rassure-moi, je t'en conjure : ne perds pas une minute. Je t'écris sur mes genoux, dans un coin de la salle du bal, que je ne puis quitter, je m'en désole. Un mot, un seul mot.

Lettre XLV

(Écrite la veille et jointe au billet précédent.)

Mercredi, à minuit et demi.

Ô chère et tendre amie ! je suis le plus heureux des hommes ! la joie trouble tellement mes esprits que je sais à peine ce que j'écris. Enfin il n'y a plus d'obstacle à notre bonheur. Mon oncle renonce tout à fait à toi, il épouse Mme de B *** : et je pars à l'instant pour être un des témoins de leur mariage qui se fait secrètement cette nuit même à la campagne.

Personne n'a su ce grand secret qu'au dernier moment. C'est le baron de G *** qui, pendant le concert, est venu me l'apprendre de la part de mon oncle, en m'invitant à me trouver au château de B *** à une heure du matin. Juge de ma surprise, de mes transports ! j'avais peine à les renfermer dans mon cœur. Mais ce n'est pas tout. Ce jour devait être de toute façon le plus beau de ma vie. Comme le baron me quittait, j'ai vu entrer Mme de B ***. Le Ciel, l'amour m'ont tout à coup inspiré l'heureuse idée de l'intéresser à mon sort, et d'obtenir par elle ce que mon oncle me promet depuis si longtemps. Il m'a paru qu'il ne pourrait rien lui refuser aujourd'hui, et je ne me suis pas trompé. Enfin, chère amie, tout ce que j'ai le temps de te dire, c'est que je l'ai trouvé chez elle, qu'il lui a promis de terminer demain tous nos différends de famille, et qu'il m'assure en même temps un titre et une fortune qui passent tout ce que j'ai jamais pu espérer. Ô Dieu ! combien je suis heureux !... Encore un jour de contrainte, et nous serons donc l'un à l'autre ! Je puis donc t'offrir un rang digne de toi ! Tu n'auras donc pas à déchoir en te donnant à ton ami... Mais, que tu m'as fait de mal ce soir, pendant cette longue conversation avec Mme de B *** ! Quand elle m'a prié de la reconduire, j'étais si troublé de l'état où je te voyais, que j'ai failli vingt fois trahir notre secret, et perdre dans un instant le fruit de tant de soins et de mystères. J'ai trouvé le moyen de passer près de toi, et de te dire quelques mots que mes regards et mes signes auraient dû te faire comprendre ; mais, pauvre amie, étais-tu en état de m'entendre ?... que je souffrais en te quittant !... Mais je m'arrête ; tu meurs d'inquiétude, et je me reproche chaque seconde que j'emploie à te consoler. Adieu en hâte, adieu, douce et chère moitié de moi-même ; adieu, je pars et te presse mille fois contre mon cœur tout rempli de toi.

P.S. Je rouvre ma lettre. Je viens d'en recevoir une de Mme de B ***. Ah ! bien chère amie ! que je vais t'affliger encore ! Elle me prie de l'attendre, elle va venir me prendre avec sa mère. Au moment de partir, le prince a été appelé à la cour ; il me charge d'accompagner ces dames, et d'excuser son retard près de ses amis. Bien plus : forcé de revenir dès le matin, il veut que je reste à la campagne, et que ce soit moi qui amène le soir Mme de B *** à une fête qu'il donne, et à la fin de laquelle le mariage sera déclaré. Je n'ose croire que je pourrai m'échapper. Que le temps va te paraître long ! Que ne vas-tu pas supposer ? Mais, tu le vois, je te dis tout ; je n'ai pas une pensée, une crainte, un sentiment, qui ne t'ait pour objet. Au nom du Ciel, sois heureuse ! je serai chez toi demain matin à dix heures. J'aurai déjà tout disposé pour notre union si désirée. Ô bonheur ! ô délices ! ce sera donc ma femme, mon amie, ma bien-aimée, la compagne assurée de toute ma vie, que je vais presser sur mon cœur !... J'entends une voiture. Mme de B *** arrive... Elle me fait appeler... Adieu, chère et tendre amie, tu recevras cette lettre dans un instant. Je pars tranquille. Adieu, adieu, à demain ; sois heureuse, je t'en conjure encore.

Lettre XLVI
et dernière

Jeudi, à une heure du matin.

J'allais mourir !... Rien ne peut rendre ce que j'éprouve. Charles est déjà parti ; il va me rapporter toutes mes lettres. Ce n'est que dans tes bras, sur ton sein, que je dois t'apprendre jusqu'à quel point l'amour m'a égarée ; ce n'est que là que tu pourras me pardonner.

Ô mon Dieu !... quelle joie !... quels transports !... quelle leçon !...

Conclusion

La jeune dame qui a écrit ces lettres épousa son ami au bout de huit jours. On ignore si elle l'instruisit de tout ce que l'on vient de lire.

Le prince de R ***, marié et heureux, ne put refuser de pardonner à son neveu la préférence qu'il avait obtenue sur lui, et le mystère qui lui en avait été fait.

Il n'est peut-être pas inutile de dire qu'ils logeaient dans la même maison, qu'il n'était entré chez lui que parce qu'entendant quelque bruit dans son appartement il l'avait cru de retour de la campagne, ce qui l'avait surpris, et que, passé le premier moment de dépit que lui avait causé la rencontre si inopinée de Mme de ***, il n'avait eu d'autre intention que de lui apprendre son mariage, et de l'empêcher de se compromettre aux yeux des gens.

Le jeune Alfred, détrompé, ainsi que le public, sur le prétendu mariage du jeune prince de *** et de Mme de B ***, ne put se résoudre à revoir celle à qui, malgré son dévouement presque sans exemple, il avait causé tant de douleur. Il partit à l'instant même, et s'embarqua pour l'île de Malte, où son devoir l'appelait depuis longtemps. Après quelques années d'épreuves, ne pouvant bannir de son âme un sentiment qui s'en était entièrement emparé, il se voua sans réserve au noble état qu'il avait embrassé. Il devint un des chevaliers les plus célèbres de l'ordre.

Mme de *** ne put perdre non plus le souvenir des étranges relations qu'elle avait eues avec lui pendant cette terrible journée. Elle n'entendit jamais prononcer son nom sans éprouver une sorte de confusion, mêlée d'admiration et de reconnaissance.

Son union avec son ami ne fut qu'une longue suite de transports et de bonheur.

POSTFACE

LA VIE D'UNE FEMME SENSIBLE : CONSTANCE, PRINCESSE DE SALM

« Une femme vraiment délicate et sensible éprouve une foule de sensations qui sont inconnues à la plupart des hommes. »

L'auteure – aucune femme mieux qu'elle ne mérite ce féminin – de cette pensée ? Constance Marie de Théis, princesse de Salm-Reifferscheidt-Dyck, que ses contemporains admiratifs avaient surnommée la « Muse de la Raison » (Marie-Joseph Chénier) ou le « Boileau des femmes », et que la postérité a ensevelie dans l'oubli : « Chacun brille un instant, nul ne brille toujours », disait-elle sans illusion à « un vieil auteur mécontent de se voir oublié ». Si l'écrivain subissait le sort de tant d'autres auteurs de son temps, prisonniers respectueux de formes vieillies que leur avait laissées le siècle de Louis XIV (épîtres, dithyrambes, etc.), la féministe, combattant pour le droit des femmes, en particulier dans le domaine de la création, est revenue parfois à la lumière, portée entre autres par les *gender studies* des universités d'Outre-Atlantique[1]. Sans toutefois qu'on accorde l'intérêt qu'il mérite à son unique roman, qui est aussi un roman unique, *Vingt-Quatre heures d'une femme sensible*, qu'un de ses premiers critiques a comparé aux sublimes accents de Sapho, aux imprécations de Didon, aux soupirs d'Héloïse, aux plaintes de la Religieuse portugaise, aux aveux de la princesse de Clèves, aux amours de Saint-Preux et de Julie, aux élans impétueux de l'amant de Sophie.

Constance de Théis naquit à Nantes, le 7 novembre 1767, deux ans avant Napoléon Bonaparte qui influera si fort sur sa vie. Son père, Marie *Alexandre* de Théis (Sinceny, Aisne, 1738-Paris, 1796), originaire d'une ancienne famille du Dauphiné depuis longtemps fixée en Picardie, au château de l'Aventure, sis sur la commune d'Autreville, près de Chauny[2], fils d'un inspecteur général des manufactures, ancien élève au collège de La Flèche, avait poursuivi ses études à Paris et occupait le poste de juge-maître des Eaux et Forêts de la ville et comté de Nantes. C'était le type du parfait honnête homme, instruit et, dit-on, des plus spirituels de son temps, dont sa fille fera l'éloge dans une note de ses *Œuvres complètes :*

« M. de Théis, mon père, était à la fois un littérateur distingué et un véritable philosophe. Il a publié plusieurs ouvrages... Aux qualités de l'esprit se joignaient éminemment celles de l'âme; jamais peut-être personne ne porta si loin l'amour de la vérité, de la justice, et n'unit tant de brillant à tant de bonté, et même de bonhomie. Son goût pour la vie simple et philosophique, et sa faible santé le décidèrent à se retirer de bonne heure à la campagne, où près d'une épouse, digne en tout de lui, il vécut en sage, se dévouant à l'éducation de ses enfants, en qui son exemple et ses leçons développaient sans cesse le goût de l'étude et des lettres.

« Le désir d'être utile qu'il conserva jusqu'à la fin de sa vie lui fit faire, dans ses dernières années, un ouvrage intitulé *Encyclopédie morale*[3] auquel il attachait beaucoup de prix, et qui, en effet, renferme, dans un petit volume, un traité complet de morale. »

Ce bon père indulgent a donné à ses deux filles et à son fils Alexandre[4] une éducation naturelle et raisonnée à la Rousseau, solide et brillante. D'une intelligence précoce,

Constance à quinze ans parlait plusieurs langues, pratiquait les mathématiques et manifestait une véritable vocation poétique ; elle vint à seize ans à Paris (1783) ; et l'année suivante envoya des vers au critique Louis Abel Bonafous, plus connu sous le nom d'abbé de Fontenay qui facilita leur publication dans l'*Almanach des Grâces et des Muses* ou dans le *Journal de France* auquel elle confia un sonnet et un rondeau.

Constance épousa en 1789 un jeune maître en chirurgie, Jean-Baptiste Pipelet, dit de Leury (Paris, 1760-Tours, 1823). Ce fut sans doute un mariage picard, entre familles voisines de campagne, le Leury des Pipelet n'étant éloigné que d'une vingtaine de kilomètres du château des Théis à Autreville.

D'après un portrait tardif d'Aglaé Comte, la mariée était « belle à saisir d'admiration. Sa taille, au-dessus des tailles ordinaires, offrait les plus belles proportions ; elle eût posé pour une Minerve antique, et ses traits réguliers et parfaits semblaient avoir été empruntés aux camées qui reproduisent les femmes de la Grèce ou de Rome ».

Le marié était opulent, descendant d'une lignée de chirurgiens. Les Pipelet sont les collègues du docteur Sue, père du romancier Eugène Sue, et ce n'est probablement pas un hasard si le portier et la portière des *Mystères de Paris* reçoivent le nom de M. et Mme Pipelet.

L'année suivante, « l'an 1790, le 27 janvier », naissait Agathe *Clémence*, qui sera l'enfant unique de Constance[5]. Un goût commun des belles-lettres, dit-on, unissait les deux jeunes époux, bien qu'on ne connaisse de J.-B. Pipelet qu'un *Manuel des personnes incommodées de hernies ou descentes, de vices de conformation ou autres infirmités* (Paris, Méquignon l'aîné, 1805).

Les Pipelet avaient accueilli les premiers temps de la Révolution avec des élans d'enthousiasme, dont se fera l'écho, quarante ans plus tard, *Mes soixante ans*, autobiographie littéraire et politique en vers, écrite par Constance :

« Qu'ils étaient beaux les sentiments d'alors ! / Que l'on se trouvait grand ! Que l'on se sentait libre, / Quand, d'une nation partageant les transports, / On croyait sans effort / Entre tous les pouvoirs établir l'équilibre / Et par de nouveaux droits effacer d'anciens torts ! / Que l'on se trouvait grand : quand on pouvait se dire : / "Nul ici-bas n'est plus que moi : / Je ne reconnais d'autre empire / Que celui de l'honneur, la raison, et la loi !" »

Puis la Révolution dévora, comme Saturne, ses propres enfants : l'effroi succéda à l'enivrement. Son origine aristocratique la désignant comme suspecte, Constance s'exila-t-elle, comme l'affirme Aglaé Comte, sans préciser davantage ? Ce fut pendant cette époque de sang et de larmes qu'elle composa son « premier grand ouvrage », une tragédie lyrique en trois actes et en vers, *Sapho* : « Je l'ai faite dans les moments les plus désastreux de la Terreur. Le besoin de m'isoler, en quelque sorte, au milieu des dangers dont on était environné, me fit naître l'idée de cet ouvrage que je fis avec tout de la jeunesse et de la poésie. Il m'occupa pendant près d'un an. Il était terminé avant le 10 thermidor. » *Sapho* est un miroir dans lequel se projette Constance : c'est une poétesse à qui « son imagination ardente fit faire le premier pas dans une carrière où il est difficile de s'arrêter » ; c'est une femme amoureuse en proie au désordre des passions, prête à toutes les concessions pour recouvrer son beau Phaon : « Quand un amant revient, est-il jamais coupable ? » s'écrie-t-elle. *Sapho*, c'est aussi un réquisitoire contre les prêtres (qu'ils soient attachés au temple d'Apollon n'y change rien), qui ne cachent rien de leurs noirs desseins, ceux d'« étonner les esprits », « base constante de leur pouvoir », une dénonciation du « fanatisme impie trompant la passion, au nom sacré des dieux ».

Aussi Constance gardera-t-elle à jamais le «terrible et beau souvenir» du 10 thermidor (28 juillet 1794), de «ce jour de mort et de fête, de cet homme sans voix, pâle, sans mouvement, maudit par tout un peuple à son dernier moment». À peine six mois après que Robespierre eut porté sa tête sur l'échafaud, le 14 décembre 1794, alors que la France rendue au bonheur, paisible enfin, savoure avec avidité l'existence, *Sapho* est portée à la scène, au théâtre de la rue Louvois. Le compositeur de la musique en était le célèbre Martini, Johann Paul Aegidius Schwarzendorf de son vrai nom, dont opéras, opéras-comiques et requiem ont sombré dans l'oubli, mais dont est encore sur toutes les lèvres le mélancolique *Plaisir d'amour* que Tino Rossi ou Joan Baez ont murmuré à notre oreille[6]. Ce fut un triomphe, «comme on peut le voir dans tous les journaux» : la tragédie «eut plus de cent représentations et fut jouée dans plusieurs villes des départements et chez l'étranger».

Enhardie par le succès, Constance se haussa à la fonction de barde national : elle célébra le jeune tambour Bara, tué près de Saint-Maixent en décembre 1793, les soldats morts au combat (*Chant funèbre*), l'agriculture, lors de la fête du Champ-de-Mars le 28 juin 1796, l'accord de Rastadt (1er décembre 1797).

La gloire attachée à son nom de Pipelet l'autorise désormais à franchir une frontière bien plus intangible que celles sur lesquelles combattaient nos généraux, celle qui sépare les hommes des femmes. Sur le rapport du bon vieux Sedaine, inventeur de l'opéra-comique, qui, au (mauvais) jugement de Sainte-Beuve, «écrivait comme un maçon, mais qui composait comme un architecte», Constance Pipelet fut admise en 1795 au Lycée des arts, «ce qui jusque-là n'avait eu lieu pour aucune femme». Ce Lycée se composait de savants, de gens de lettres, d'artistes plus ou moins distingués, et principalement d'un grand nombre d'académiciens, pour lesquels il était devenu un nouveau point de ralliement après la dissolution des académies qui avait lieu au début de la Révolution[7].

Constance prit la parole pour la première fois devant ces hommes illustres, en 1795, pour une lecture publique d'*Amyntas*, idylle imitée de Gessner.

Ce fut, devant ce même aréopage que, deux ans plus tard, elle lut son *Épître aux femmes*, qui en fit le porte-étendard de la révolte des femmes contre la domination masculine en matière artistique[8]. À l'origine, la vanité piquée d'Écouchard-Lebrun, grand décrocheur d'odes, surnommé non sans malice Lebrun-Pindare, qui, accueilli dans un salon avec moins de faveur qu'une auteure, la comtesse d'Hautpoul, se répandit dans *La Décade philosophique* en stances satiriques interdisant aux femmes le droit d'écrire : «L'encre sied mal aux doigts de rose», écrivait-il. «Soudain, je me levai sans redouter les haines, raconte en vers Constance, J'avais pour moi la vérité. / Dans l'asile sacré des arts, de la science, / Dédaignant de vaines clameurs, / Moi-même, de mon sexe embrassant la défense, / Je tonnai sur nos détracteurs.»

Ô femmes, c'est pour vous que j'accorde ma lyre;
Ô femmes, c'est pour vous qu'en mon brûlant délire,
D'un usage orgueilleux bravant les vains efforts,
Je laisse enfin ma voix exprimer mes transports.
Assez et trop longtemps la honteuse ignorance
A jusqu'en vos vieux jours prolongé votre enfance;
Assez et trop longtemps les hommes, égarés,
Ont craint de voir en vous des censeurs éclairés;
Les temps sont arrivés, la raison vous appelle :
Femmes, éveillez-vous et soyez dignes d'elle.

Si la nature a fait deux sexes différents,
Elle a changé la forme, et non les éléments.
Même loi, même erreur, même ivresse les guide ;
L'un et l'autre propose, exécute ou décide ;
Les charges, les pouvoirs entre eux deux divisés,
Par un ordre immuable y restent balancés [...].

Certes, elle consentait à laisser encore aux hommes les rênes de l'État, « mais les arts sont à tous ainsi que le bonheur », concluait-elle, au milieu des applaudissements.

Les bruyantes ovations d'autrefois n'ont aujourd'hui qu'un écho affaibli. Constance, dit une de nos contemporaines, fut une « fille des Lumières, raisonneuse, analytique et attachée à une clarté qu'elle veut caractéristique de l'esprit français [...]. L'intérêt principal de son œuvre [...] réside dans l'analyse lucide des enjeux et des conséquences de la Révolution française pour les femmes. Très sensible aux formes nouvelles de misogynie qui apparaissent alors et veulent en particulier interdire aux femmes l'accès à la culture, elle cherche au contraire à les faire bénéficier des Lumières de la Raison. Elle affirme fermement leur droit à l'expression littéraire et politique, et leur appartenance à un espace culturel commun, en se réclamant d'un principe de solidarité entre femmes de façon pour son temps originale et novatrice[9]. »

Mme Pipelet fut de toutes les sociétés savantes : la Société philotechnique, fondée en 1795, académies de Lyon, Caen, Livourne, Laon, Marseille, Nantes, sociétés littéraires de Paris.

Cependant, comme pour sa contemporaine Mme de Staël, cette gloire pourrait bien être le deuil éclatant du bonheur. Jean-Baptiste Pipelet, dont l'*Almanach de la République* enregistre en l'an IV le déménagement de la rue Mazarine à la rue des Bons-Enfants (n° 1304), aurait été à la fois volage et jaloux, et son mariage n'était qu'« un long revers, une longue douleur », écrit-elle allusivement. Mais, depuis la loi du 30 août 1792, « le mariage est dissoluble par le divorce » : en 1799, Jean-Baptiste Pipelet et Constance de Théis se séparèrent définitivement.

Ce fut vers cette époque, dans une société savante, en janvier ou février 1800, que le jeune Henri Beyle aperçut pour la première fois Constance, qu'il connut un peu « depuis dans son état de princesse » :

« Quelque temps après, [Pierre Daru] me conduisit à une des séances d'une de ces sociétés qu'il présidait.

« Il était sept heures et demie du soir, les salles étaient fort illuminées. La poésie me fit horreur, quelle différence avec l'Arioste et Voltaire ! Cela était bourgeois et plat (quelle bonne école j'avais déjà !), mais j'admirais fort et avec envie la gorge de Mme Constance Pipelet qui lut une pièce de vers. Je le lui ai dit depuis ; elle était alors femme d'un pauvre diable de chirurgien herniaire [10]. »

Constance avait trente ans et était à l'apogée de sa beauté.

C'est le même Henri Beyle qui permet, descendant au-dessous de la ceinture, de ne pas laisser de Constance qu'un portrait en buste : « "Quand j'ai bien travaillé toute la journée, j'aime à être bien foutue le soir", disait Mme Pipelet à M. Girard, son amant. Elle se mettait à quatre pattes pour faire ça et disait souvent : "Fous-moi bien [11]." »

Cet amant indiscret, qui révéla à Stendhal les préférences érotiques de Constance, fut probablement *Joseph* François Henri, chevalier de Girard, alors (1805) secrétaire général de la préfecture des Bouches-du-Rhône. Est-ce encore ce même Joseph de Girard qui aurait également raconté les prémices du mariage de Constance ? Celui-ci aurait été « précédé de deux mois de séjour chez le prince de Salm, avec son amant, pour voir si le château ne lui déplairait point trop, et le prince nullement trompé mais sachant tout et s'y soumettant, et il avait raison[12].»

Son mariage inspira à Constance des accents autrement nobles : «Le sort, pour moi propice en sa rigueur,/Alors avait changé la ligne de ma vie [...]./L'accord des goûts, l'heureuse sympathie,/Par un brillant hymen assurait mon bonheur;/J'avais quitté mon nom pour un nom plus illustre.»

En effet, Joseph Maria Franz Anton Hubert Ignaz, comte de Salm-Reifferscheidt-Dyck, fils de Franz Hans Wilhelm, comte de Salm-Dyck et d'Augusta de Freische-Zeil, appartenait à la puissante famille princière et comtale des Salm-Reifferscheidt. Né à Dyck bei Neuss, le 4 septembre 1773, il avait presque six ans de moins que Constance, mais c'était lui aussi un cœur dolent, divorcé de la comtesse de Hatzfeld; c'était encore un jeune savant, ami de Jussieu, de Redouté et d'Alexander von Humboldt, un botaniste distingué, passionné de plantes succulentes qui, à partir de 1800, avait fait construire des serres dans son château de Dyck, où il rassemblait l'une des plus belles collections de l'époque[13].

C'est peut-être à ce mariage que se rattache cette pensée de Constance : «Quand nous avons été longtemps malheureux, le bonheur nous fait éprouver une sensation de doute, d'hésitation qui ressemble à la frayeur. Nous craignons qu'il ne soit qu'un nouveau piège que nous tend la fortune.» Le couple, si l'on s'en rapporte à Aglaé Comte, donna pendant plus de quarante ans l'exemple d'un bonheur réel et complet.

Sur la gravure, placée en tête du volume II des *Œuvres complètes* de sa femme, représentant *Une soirée chez la princesse de Salm*, on découvre un homme au regard tendre et bienveillant. Pourtant, ce rêveur d'apparence fut appelé par Napoléon à jouer un rôle politique considérable : il fut nommé en 1804 député de la Roer, ce nouveau département dont la capitale était Aix-la-Chapelle ; plus tard chancelier de la quatrième cohorte de la Légion d'honneur, comprenant les départements de la Meuse-Inférieure, des Forêts, de la Roer, de la Sarre, du Rhin-et-Moselle et du Mont-Tonnerre ; comte de l'Empire.

Constance, comtesse de Salm désormais, n'était plus Mme Pipelet : les quelques personnes qu'elle réunissait sans doute régulièrement autour d'elle devinrent les habitués d'un des salons les mieux fréquentés de Paris, dont, dans une lettre en vers, elle se plaît à énumérer les noms illustres : Vigée [14], Martini, Mentelle [15], Pinkerton [16], Langlès [17], Bréguet [18], Prony [19], La Lande [20], et Thurot [21], et Clavier [22], Gohier [23], Andrieux [24], Lémontey [25], Courier [26], La Chabeaussière [27], Lantier [28], Ginguené [29], Mme Dufrénoy [30], Laya [31], Gudin [32], Raboteau [33], Duval [34], Naigeon [35], Guérin [36], Millin [37], Humboldt [38], Jussieu [39], de Candolle [40], Say [41], Talma [42], Pajou [43], Vernet [44], Houdon [45], Girodet [46].

Sans doute pourrait-on dire que le nom de nombre de ces hommes illustres a été enseveli dans l'oubli : ce n'est certes pas qu'ils manquaient de valeur, c'est simplement que nous manquons de mémoire, voilà pourquoi nous avons tenu à les faire revivre, fût-ce fugitivement, dans des notes.

« Le salon de la princesse de Salm était ouvert aux idéologues et aux libéraux de *La Décade philosophique*, au royaliste Pajou comme au républicain Houdon, à Guérin comme à Talma et à Beyle, il relevait d'une sociabilité exigeante plus que de positions partisanes, qui eussent été peu compatibles au reste avec les fonctions de Joseph de Salm. [...] Le sentiment d'appartenir à l'élite intellectuelle de la nation et à l'héritage des Lumières l'emportait, à l'évidence, sur l'opposition feutrée de certains habitués à Napoléon. Et puis, les fraternités maçonniques faisaient sans doute taire les divergences et facilitaient l'accès aux places et aux académies du quai Conti », a pu écrire récemment Stéphane Guégan [47].

Dans ce salon dont elle était le centre rayonnant, autant, dit Le Bigan, Constance « déployait de dignité et de fermeté dans la défense de ses croyances littéraires ou politiques, autant elle montrait de charme et de bonté dans les causeries du monde ou dans les épanchements de l'amitié ».

« La sympathie des âmes est le secret de la nature ; il n'appartient pas aux hommes de la pénétrer », écrit joliment Constance.

La comtesse de Salm mène désormais une double vie, rythmée par les saisons, l'hiver parisien, l'été rhénan, dans son château de Dyck qu'elle décrit plaisamment à Paul-Louis Courier :

« J'ai bien peur que vous ne soyez un peu désappointé de mon grand château quand vous le verrez : d'abord, mes tourelles sont hexagones, et finissent en manière de clochers gothiques, ce qui n'a pas l'air si romantique que vous l'espérez ; et ensuite (ô profanation !) je l'ai fait blanchir de la tête au pied l'an passé, ce qui lui a ôté cet air vénérable, ces hiboux, ces chauves-souris, cette physionomie des anciens qui vous charme. J'ai même trouvé moyen d'y faire un petit jardin, ce à quoi les respectables personnes n'avaient pas même pensé, tant elles étaient avancées dans la civilisation ; enfin, et c'est le comble du crime, la mère de mon mari qui craignait que le pont-levis ne s'écroulât sous sa voiture, l'a fait remplacer par un pont de brique, très mal fait à la vérité, et qui tombe à moitié, mais qui n'est qu'un pont ordinaire. Je n'ai donc plus à vous offrir qu'un petit pont-levis qui descend par les remparts, et qui conduit au parc [...]. Quant au dedans du château, rien n'y manque, pas même les revenants, et quoique j'aie pu faire pour lui donner un petit air original, il me semble toujours y voir les aïeux de mon mari dont les portraits sont dans la galerie, et qui me demandent ce que je fais là, moi qui ne suis pas comme eux alliés à tous les souverains d'Allemagne. Je vous dirai pourtant à travers ces folies que le *grandiose* de cette maison me plaît; il me gâte même toutes les autres habitations de ce genre que je vois, et je ne suis pas surprise que mon mari qui y est né, s'y retrouve avec plaisir.»

Pourtant, la châtelaine s'ennuie, loin de Paris et de ses amis :

«J'aime l'indépendance en tout, et je trouve qu'on n'est indépendant en rien à la campagne hors d'entrer et de sortir de chez soi, encore quand le temps le permet. Quant à s'amuser quand on veut, voir des amis, dîner en ville, aller seul ou en compagnie au spectacle, se promener en bonne compagnie, se procurer avec de l'argent tout ce dont on a besoin ou tout ce qu'il fait plaisir, se faire belle pour l'un et non pour l'autre, et satisfaire ses fantaisies comme et quand on le veut, il n'y faut pas compter dans une solitude, ordinairement loin même d'une petite ville, où l'on est accablé de voisins ou absolument abandonné, où on n'est servi promptement dans ce qu'on veut qu'à prix d'or, et en éreintant de pauvres diables qu'on fait courir jour et nuit. Tout cela est triste. La nature n'est pas bonne à voir de si près, et pour un habitant de la ville et un ami des lettres, cette belle vie est une véritable déchéance. Cela n'empêche pas que cette éternelle raison ne commande et ne soit obéie, et qu'enfin on ne tire parti des circonstances le mieux possible. Mais on rentre à Paris quand on le peut et c'est ce que je ferai dès que je le pourrai[48].»

À Paris, le grand nom qu'elle portait appelait la comtesse de Salm à la cour, «dans ce grand tourbillon / Où comme un songe vain, tout devait disparaître / Où tout à mes regards était illusion, / Hors l'éclat, le pouvoir et les erreurs du maître, / Où portant malgré moi ma libre opinion, / Sur ces lambris dorés qui fatiguaient ma vue, / Je croyais voir écrit : LA GRANDE NATION / TRIOMPHANTE PARTOUT EST CHEZ ELLE VAINCUE».

Aux Tuileries, traversant ces files de valets, ces grands salons gardés par des soldats en armes, elle s'avançait vers « le brave, le héros » qu'elle avait célébré dans sa première gloire – « Nous avons un Achille, il nous faut des Homères », avait-elle écrit. Le maître était devant elle « sur son trône, entouré d'un respect imposteur ».

Napoléon pour elle ne fut que « le déserteur de la Liberté ». Cependant, le ton est tout autre – mais toute tyrannie entraîne la schizophrénie des sujets – dans son *Épître adressée à l'empereur Napoléon* (1810) :

Du bonheur des Français, sage dépositaire,
Toi qui, grand à la fois dans la paix, dans la guerre,
Sur le trône, des lois affermis le pouvoir,
Souffrirais-tu qu'au nom de l'honneur, du devoir
Un code, effroi du crime, en devint le complice ;
Que l'époux meurtrier échappe à la justice ;
Qu'il donne à sa fureur le droit d'ôter le jour
À deux faibles amants égarés par l'amour ?

La cause des femmes vaut bien cette palinodie, cette cause qu'elle soutient en combattant l'article 324 du Code civil spécifiant que « le meurtre commis par l'époux sur l'épouse, ainsi que sur le complice, à l'instant où il les surprend en flagrant délit dans la maison conjugale, est excusable ».

Quelques jours après la publication du poème, dans un des cercles qui avaient place aux Tuileries, Napoléon vint vers elle et lui dit : « J'ai lu vos vers. Vous avez raison ; c'est bien ; c'est très bien. »

Le salon de la comtesse trouva vers 1809 une localité digne de son éclat intellectuel, au 87 (aujourd'hui 97), rue du Bac dans l'ancien hôtel de Ségur où, jusqu'en 1824, elle reçut tout l'hiver ses amis ; Constance confia la décoration de l'appartement du premier étage, comprenant antichambre, salon, bibliothèque, à l'architecte Antoine Laurent Vaudoyer et au peintre Jean-Jacques Lagrenée, dont les travaux étaient surveillés, pendant la période estivale, par le fidèle Martini.

« Je suis maintenant rue du Bac. Je suis maintenant dans une maison, que j'ai achetée, que j'arrange, qui est pleine d'ouvriers, qui me ruine, tout cela m'occupe », écrit la comtesse à Paul-Louis Courier[49].

À côté du fleuve tempétueux de la vie publique, la vie privée poursuivait son cours, semé de deuils ou de joies de famille. C'était la sœur bien-aimée qui mourait : « J'ai éprouvé, je crois, la plus grande douleur de ma vie : j'ai eu le malheur de perdre ma sœur dans le moment même où je la croyais rétablie d'une maladie dangereuse qu'elle avait éprouvée. Depuis ce moment cruel mon bonheur est entièrement couvert d'un nuage épais qui me semble avoir donné la réponse à tout le reste de ma vie ; une âme forte est un mauvais présent du ciel, car elle sent aussi la douleur fortement, et la douleur n'a pas de bornes comme la joie[50]. » C'était Clémence, à l'œil modeste et doux, qui se mariait : elle épousait le 18 février 1813, à la mairie de l'ancien Xe arrondissement, puis à Saint-François-Xavier, Louis Bernard Francq, baron de l'Empire, ancien colonel du 10e régiment de cuirassiers, en retraite et officier de la Légion d'honneur, qui avait le double de son âge. C'était enfin l'annonce d'un petit-fils qui devait recevoir les prénoms de Constant Louis Marie Joseph, Constant comme sa grand-mère, Joseph comme son grand-père d'adoption.

Mais ce que Constance, en Cassandre, prévoyait survint, ces jours funestes de 1814 et 1815 où par deux fois, descendant du Nord, « de vingt peuples divers une masse terrible / Tomba sur le peuple invincible ».

Constance, partageant les destins du comte de Salm, sans changer de foyer, dut changer de patrie. Retirée à Dyck, seule au milieu de son cercle de pensée, le besoin d'une forte distraction rappela à son souvenir un petit ouvrage commencé une dizaine d'années plus tôt, ouvrage par lequel « en [s']imposant la loi de n'y pas dire un mot qui ne fût dicté par le sentiment ou la passion ; en faisant éprouver, dans le court espace de vingt-quatre heures, à une femme vive et sensible, tout ce que l'amour peut inspirer d'ivresse, de trouble, de jalousie surtout, [elle] voulai[t] faire aussi un roman sur une idée qui [lui] avait plu, et répondre par là à quelques reproches qui [lui] avaient été faits sur le ton sérieux et philosophique de la plupart de [s]es ouvrages ».

Vingt-Quatre heures d'une femme sensible ou Une grande leçon, roman épistolaire qui se propose de « peindre la jalousie, non dans ses fureurs, mais dans les douleurs dont elle accable une âme ardente et sensible », en quarante-six lettres écrites dans un espace de temps répondant aux unités de la tragédie ou de la comédie classiques, d'un mercredi, à une heure du matin au lendemain jeudi, à une heure du matin également. Si l'on s'en tient au souvenir qu'ils ont laissé dans la mémoire de Constance, ce furent des jours de bonheur que ces jours de création et de récréation mêlées : « Peut-être étaient-ils les plus doux de ma vie. »

Le « petit roman » ne fut publié chez Arthus Bertrand que presque dix ans plus tard : le nom de l'auteure était voilé (la princesse de S ***), comme celui de la dédicataire : Madame ***, dont Constance révèle par ailleurs l'identité : une amie récente, la belle Thérèse Mathilde Amélie, duchesse de Mecklembourg-Strelitz, princesse de Tour et Taxis (1770-1827), dont le baron Gérard a laissé un délicieux portrait en pied[51]. Son succès fut grand, comme en témoigne, par exemple, cet extrait du compte rendu de la *Revue encyclopédique*, signé B. (ce B. n'était autre que le savant bibliophile Antoine Alexandre Barbier) :

« Nous osons prédire un brillant succès à cette production nouvelle, très remarquable dans son genre. Le talent d'exprimer de grandes pensées, de fortes impressions, semblait perdu depuis un certain nombre d'années, ou s'exprimait dans un langage que tous les lecteurs ne pouvaient pas comprendre. Semblable aux bons écrivains du siècle de Louis XIV, Mme de Salm donne à ses pensées un tour si naturel, qu'on les prendrait pour de véritables maximes. Elle a encore ce mérite bien recommandable, celui de respecter les grands principes de la morale, en peignant une passion qui en éloigne trop souvent. C'est donc en apparence seulement que cet ouvrage est opposé aux autres productions de l'auteur. Les *Vingt-Quatre heures d'une femme sensible* prouvent que Mme la princesse de Salm sait peindre les sentiments de son sexe avec autant de finesse qu'elle a mis d'énergie à défendre ses droits[52]. »

Une seconde édition succéda bientôt à la première[53].

Dans son avant-propos que, presque vingt ans plus tard, la princesse mit en tête de ses *Œuvres complètes*[54], elle tint à mettre l'accent sur la seconde partie du titre, *Une grande leçon*, c'est-à-dire le but moral poursuivi, que le lecteur, d'hier comme d'aujourd'hui, pourrait ignorer :

« En développant dans chaque lettre un sentiment différent, en faisant passer tour à tour mon héroïne de l'excès de la jalousie à celui de la confiance, du désespoir à la tranquillité, du délire au raisonnement, de l'oubli de toutes les convenances à l'indignation de l'honneur, mon intention n'a pas été seulement de faire un tableau complet de cette multitude de vives sensations, qui sont, en quelque sorte, le secret des femmes, mais aussi de montrer jusqu'à quel point elles peuvent les égarer, et leur donner par là une utile et grande leçon ; et c'est ce que peu de lecteurs ont vu dans ce roman. La plupart, entraînés par le sujet, se sont laissés aller à partager les tendres agitations de mon héroïne, et ils sont arrivés ainsi à la fin de sa pénible journée, sans avoir pensé à se rendre compte du but moral que j'ai voulu donner à cet ouvrage. Peut-être ce genre de succès vaut-il celui que je m'étais promis; mais j'ai éprouvé le besoin de montrer ici mon sujet sous son véritable point de vue.»

Lorsque, la tourmente politique passée, la princesse (le roi de Prusse avait fait prince Joseph de Salm en 1816) revint à Paris et rouvrit la rue du Bac, elle ne put constater qu'avec douleur que son salon, année après année, se dépeuplait. La mort, en même temps, la frappait plus intimement encore : son gendre mourait le 14 décembre 1818, laissant Clémence veuve avec trois tout jeunes enfants, Constant Louis Marie Joseph (18 janvier 1814), Alexandre Bernard Simétrius (19 octobre 1815), et Félix Adolphe (12 août 1817). À peine deux ans plus tard, ce fut Clémence elle-même qui succomba, victime d'un sanglant fait divers survenu au château de Salm-Dyck :

«Le prince, en qualité de chef de la landwehr, avoit auprès de lui un aide de camp, un lieutenant de landwher âgé de vingt-sept ans qui avoit au château la table et le logement. Mais, depuis quelque temps, il avoit reçu sans qu'on sache pourquoi l'ordre de quitter le château et il avoit loué un appartement dans une auberge du voisinage.

«L'aide de camp refusa, sous prétexte de maladie, d'assister aux exercices de la landwehr, et demanda le 14 juin la permission de prendre congé de la famille du Prince, avant de commencer un voyage qu'il se proposoit de faire. L'ayant obtenu, il fut conduit à l'appartement de la baronne par sa dame de compagnie. Alors il reprocha à la baronne d'être cause qu'il avoit été obligé de quitter le château, tandis qu'elle auroit pu faire son bonheur par un seul mot. La baronne lui fit de son côté des reproches de ce qu'il tenoit un pareil langage, et lui répondit qu'il ne pouvoit jamais être question de mariage entre elle et lui, vu qu'elle étoit sans fortune, chargée de trois enfans, etc. L'aide de camp tira brusquement de sa poche un pistolet, brûla la cervelle à la baronne, et, tandis que la dame de compagnie la recevoit dans ses bras, en poussant un cri, l'offficier se tira lui-même un deuxième coup de pistolet dans la bouche, et tomba mort aux pieds de la dame témoin de cette horrible scène. On trouva sur lui un poignard très artistement travaillé, dans un étui d'argent, avec cette inscription : *memento mori.*

«Trois lettres qu'on a trouvées chez lui, adressées l'une au prince, la deuxième à l'intendant des jardins du prince et la troisième à son hôte, ont été déposées au tribunal de justice, et l'on n'en connoit pas encore le contenu. Plusieurs lettres qu'il avoit écrites en même temps à plusieurs de ses amis peignent sous des traits affreux le caractère de ce meurtrier de sang-froid.

«On s'accorde à dire que la baronne Francq, à peine âgée de trente ans, étoit une femme d'un caractère doux et de mœurs irréprochables; mais que le meurtrier Althof étoit un homme sans mérite et épris de sa figure, que le défaut de principes, des dettes et son exclusion inattendue du château purent porter à ce cruel forfait[55].»

La mort de sa fille «fut son unique douleur», affirme Aglaé Comte.

La princesse accueillit à son foyer les orphelins. En 1824, elle écrivait à Jullien de Paris, directeur de la *Revue encyclopédique* : «Je n'ai tous ces jours-ci que des petits repas de famille[56].»

Le prince et la princesse quittèrent le somptueux hôtel de la rue du Bac où ils avaient connu leur apogée mondain, émigrant de la rive gauche à la rive droite pour emménager dans un hôtel de moindre apparence, au 3 bis de la rue Richer. Selon Paul-Louis Courier, si le prince semblait, lui, avoir rajeuni, la princesse avait affreusement vieilli. Elle vivait pour partie dans le souvenir :

«J'ai vu de vieux amis conservés, des souvenirs que les tombeaux n'ont point ensevelis, une bonté qui ne peut mentir, car elle n'est pas toute dans les paroles, on la trouve dans le regard, elle s'empreint dans une physionomie toujours vive et animée», écrit Mathieu Villenave à l'«illustre et aimable princesse[57]».

Dans cette lettre, Villenave, qui se disait «bien nouveau dans la rue Richer», donnait à l'exilée estivale des nouvelles de tous ceux qu'elle connaissait et qui sans doute fréquentaient alors son salon : ce sont, pour la plupart, soit des membres de l'Athénée ou de la Société philotechnique, soit des académiciens ou des collaborateurs de la *Revue encyclopédique :* Parseval-Grandmaison, Sanson de Pongerville, Chauvet, le baron Charles de Ladoucette, Viennet, Boucharlat, Ponce, de Montémont, Mme d'Aragon, Gohier, Lethière, Mlle d'Hervilly, David d'Angers, Ramey, Jullien de Paris.

Parmi tous ces hôtes respectables d'un âge plus que canonique, un jeune homme inattendu d'à peine vingt-cinq ans, «le fils du général Alexandre Dumas. C'est un poète facile et brillant qui se croit romantique et qui ne l'est pas : il dit et ne lit jamais; sa mémoire est prodigieuse : elle a retenu trente ou quarante mille vers». Il avait conquis la fille de Villenave, Mélanie Waldor, et entendait bien se servir du salon de la princesse comme d'un marchepied vers la gloire. La princesse le reçut, quoiqu'elle considérât avec méfiance l'introduction dans sa bergerie classique de ces jeunes et séduisants loups romantiques, qui enchantaient avec leurs «pensers pleins de nuages», leurs «traits subits», leurs «invisibles coups, ce beau chaos d'où sortent tant d'images»; elle supposait à leurs écrits mille beautés que, d'un autre temps, elle ne pouvait pas voir. «Sans doute, enfants du grand siècle où nous sommes, Vous l'illustrez par cet art tout nouveau», leur disait-elle, leur proposant une conciliation : «Je voudrais faire, entre vos grands effets / Et les rigueurs de notre vieille école, / Une alliance, un vrai traité de paix[58].» Restée fidèle au classicisme, elle n'en estima pas moins Lamartine et Hugo.

Le jeune Dumas, qui n'avait encore publié que quelques poésies fugitives et fait représenter deux vaudevilles, connut dans le salon de la princesse « Lady Morgan, Cooper, Humboldt[59] », déposa un quatrain sur son *Album amicorum*, rendit compte élogieusement – ce fut son premier article de presse – dans *La Réunion* de l'*Épître sur l'esprit et l'aveuglement du siècle* de la princesse Constance de Salm (20 avril 1828). Lorsque la gloire le saisit, du jour au lendemain, la princesse fut de ses premiers thuriféraires : « Alexandre Dumas, le lendemain de son grand succès de *Christine* [30 mars 1830], reçut dans le salon de la princesse une sorte d'ovation : "Encore un ouvrage comme celui-là, monsieur, disait-elle, et l'Académie française, j'en suis sûre, se fera un honneur de vous recevoir dans son sein[60]." »

La princesse, qui n'était donc pas hostile au renouveau littéraire, accueillit avec enthousiasme la révolution de Juillet : « Une jeunesse ardente et sage, / Unissant aux clartés l'héroïque valeur ; / Et dans tout son éclat, toute son énergie, / La liberté superbe, imposante, agrandie, / Sous un roi citoyen promettant le bonheur. »

Et, avec méticulosité, fermeté et sagesse, elle prépara ses bagages pour son départ vers l'au-delà : elle rassembla dans *Poésies* (Firmin Didot frères, 1835, 2 vol.), dans *Ouvrages divers en prose*, suivis de *Mes soixante ans* (Firmin Didot frères, 1835, 2 vol.), enfin dans ses *Œuvres complètes* (1842), ses œuvres jusqu'alors dispersées.

Ce fut dans *Mes soixante ans*, où elle relate son parcours littéraire et politique, que Constance fit ses adieux à la vie, une vie qu'elle avait taillée à sa mesure, magnifique :

> Et l'âge vient, et j'aperçois
> Déjà la fin de ma carrière :

Je ne le verrai pas le triomphe des droits
Il n'enchantera point ma course passagère ;
Mais je saurai qu'un jour il brillera
Et je pourrai me dire à mon heure dernière :
L'œuvre de la justice enfin s'accomplira.
Ah ! que pourrai-je alors désirer sur la terre !
Que puis-je y désirer encore !
Née en ces temps où rien n'arrêtait notre essor,
Je puis, levant le front, regarder en arrière.
L'amour de la patrie et de la liberté,
Le beau rêve, l'espoir de la célébrité,
Ont occupé, rempli, charmé ma vie entière,
Toujours j'ai dédaigné l'éclat et la grandeur ;
Toujours j'ai de mon sexe embrassé la défense [...]
Je les ai connus aussi, l'amitié, la tendresse,
Les mutuels, les purs épanchements,
Ils ont dans mon bonheur augmenté mon ivresse,
Ils ont dans mes malheurs adouci mes tourments.
Qu'il vienne donc le jour où de mes éléments
L'ordre cessant de soutenir ma vie
Ils devront retourner dans la tombe des temps
D'où les avait tirés la sagesse infinie
Qui voit naître et mourir ses éternels enfants,
Qu'il vienne, je l'attends sans crainte et sans murmure ;
Mes destins ici-bas, mes devoirs sont remplis.
Mais après moi que mes écrits,
De mon âme toujours la fidèle peinture,
Encore quelquefois soient redits ;
Et que ces vers, que ces simples récits,
De mon existence passée,
À mes amis, mon pays, l'avenir
Des temps que j'ai vécus, de toute ma pensée,
De tout ce que j'ai vu laissent un souvenir.

Constance de Salm s'éteignit le dimanche 13 avril 1845 au domicile conjugal rue Richer n° 3 bis. Le prince lui survécut quinze ans, mourant à Nice le 5 avril 1861.

CLAUDE SCHOPP

Notes de la postface

1. Citons : Elizabeth Colwill, « Epistolary Passions : Friendship and the Literary Public of Constance de Salm, 1767-1845 », in *Journal of Women's History*, volume : 12. Issue : 3, 2000, 39 p.; Martine Lauzon, *Une moraliste féministe : Constance de Salm*, mémoire de maîtrise, Montréal, Université McGill, juillet 1997; Jeanne Pouget-Brunereau, *Presse féminine et critique littéraire : leurs rapports avec l'histoire des femmes de 1800 à 1830*, Paris, Bibliothèque Marguerite Durand, 2 vol., 1994.

2. La mairie d'Autreville m'indique que le château a été rasé, remplacé par une cité de l'Aventure.

3. *Encyclopédie morale ou le Code primitif*, par M. de Théis. À Bruxelles, et se trouve à Paris chez Belin, 1786, 112 p. Une seconde édition parut l'année suivante.

4. Le baron *Alexandre* Étienne Guillaume (13 décembre 1765-Paris, x^e^, 24 décembre 1842), conseiller de la préfecture de l'Aisne (17 mars 1812), secrétaire général de la même préfecture (20 juillet 1814, puis 6 septembre 1820), maire de Laon et préfet de la Haute-Vienne (7 août 1830-14 juillet 1833, date de sa retraite), auteur de plusieurs ouvrages estimés : *Glossaire de botanique ou Dictionnaire étymologique de tous les noms et termes relatifs à cette science*, 1810; *Mémoires d'un Espagnol ou Histoire de Don Alphonse de Peraldo, écrite par lui-même et publiée par ****, 1818, rééd. 1825; *Voyage de Polyclète ou Lettres romaines*, 1821 (rééd. : 1822, 1828); *Mémoires d'un Français*, 1825; *Politique des nations*, 1828 (rééd. : *Précis de l'histoire universelle des peuples anciens et modernes ou Politique des nations*, 1829); *Conseils aux jeunes gens qui sortent des écoles primaires*, 1834.

5. Archives de la Seine, acte reconstitué.

6. La princesse de Salm a publié un *Éloge de Martini* (*Œuvres complètes*, 1842, tome IV).

7. Le Lycée des arts prit par la suite le nom d'Athénée des arts.

8. L'*Épître aux femmes* fut le premier essai de Constance dans ce genre littéraire cher à son maître Boileau : elle le pratiqua tout au long de sa carrière avec bonheur, y déployant, selon Le Bignan, «quelque chose de viril qui, parmi les femmes de lettres, lui assigne un rang spécial» : *Épître sur les dissensions des gens de lettres* (1799), *Épître à un jeune auteur* (1806), *Épître sur la campagne* (1808), *Épître à un vieil auteur* (1809), *Épître sur la rime* (1812), *Épître sur la philosophie* (1820), *Épître à un honnête homme qui veut devenir intrigant* (1820), *Épître sur l'esprit et l'aveuglement du siècle* (1828), *Épître aux souverains absolus* (1830).

9. Christine Planté, in *Femmes poètes du XIX*e *siècle* (Presses universitaires de Lyon, 1998).

10. Stendhal, *Vie de Henry Brulard*, chap. XLII, Pléiade, *Œuvres intimes*, II, p. 926.

11. Stendhal, *Journal*, Pléiade, *Œuvres intimes*, 1, p. 345, 1er octobre 1805.

12. Stendhal, *Vie de Henry Brulard*, chap. XLII, Pléiade, *Œuvres intimes*, II, p. 926.

13. Son jardin botanique de Dyck constitue le sujet de toutes ses œuvres publiées en latin : *Observationes botanicæ in horto Dyckensi notatæ* (1820-1822), *Index plantarum succulentarum in horto Dyckensi cultæ* (1822), *Aguisgrani : tipis Beaufort filu* (1822), *«Hortus dyckensis» ou Catalogue des plantes cultivées dans les jardins de Dyck* (1834), *Monographia generum Aloes et Mesembryanthemi* (1836-1863), *Cacteæ in horto Dyckensi cultæ anno 1844, additis tribuum generumque characteribus emendatis* (1845).

14. *Louis* Jean-Baptiste Étienne Vigée (Paris, 1758-1820), frère de Mme Vigée-Lebrun, secrétaire de la duchesse de Provence, prit la direction de l'*Almanach des Muses* à la Révolution; arrêté comme suspect en décembre 1793, il fut relâché après le 9 thermidor. Auteur de comédies et de vers agréables (*Poésies*, Delaunay, 1813), il remplaça La Harpe dans la chaire de littérature de l'Athénée avant d'être nommé lecteur de Louis XVIII en 1814.

15. Edme Mentelle (Paris, 1730-1815), professeur de géographie et d'histoire à l'École militaire, ouvrit après la suppression de celle-ci (1792) des cours particuliers, avant d'être successivement professeur de géographie à l'École centrale, à l'École normale (1794) et membre de l'Institut. Ses nombreux ouvrages ont contribué à répandre en France le goût des études géographiques (*Géographie comparée*, 1778, 7 vol.; *Cours complet de cosmographie, de chronologie, de géographie et d'histoire*, 1801; *Atlas universel*, contribution à la *Géographie universelle*

de Malte-Brun), voir Constance de Salm, *Notice sur la vie et les ouvrages de Mentelle*, Firmin Didot frères, 1839.

16. John Pinkerton (Édimbourg, 1758-Paris, 1826), géographe et historien écossais fixé à Paris en 1802, ami d'Horace Walpole, ouvrit la voie à Malte-Brun avec sa *Géographie moderne* (1802). On lui doit aussi une *Collection générale des voyages* (1806), ainsi que des poèmes, dont de prétendus *Anciens poèmes écossais* (1786).

17. *Louis* Matthieu Langlès (Pérennes, 1763-Paris, 1824), traducteur des *Instituts politiques* de Tamerlan (1787), chargé de publier le lexique mandchou du P. Amiot, fut le promoteur de l'École des langues orientales et de la Société de géographie.

18. *Abraham* Louis Bréguet (1747-1823), célèbre horloger suisse établi à Paris, dont les ouvrages se distinguaient par leur originalité, la perfection de leur exécution et leur élégance, inventa le mécanisme appelé «tourbillon», le parachute, l'échappement à ancre, etc. Il était membre de l'Académie des sciences.

19. *Gaspard* Clair François Marie, baron Riche de Prony (Chamelet, Rhône, 1755-Asnières, 1839), élève à l'École des ponts et chaussées (1776), ingénieur en chef (1794), fut chargé d'organiser le cadastre et de dresser les tables logarithmiques et trigonométriques, que nécessitait l'établissement du système métrique. La même année, il fut nommé professeur de sciences mathématiques à l'École polytechnique, puis en 1798, directeur de l'École des ponts et chaussées.

20. Joseph *Jérôme* Lefrançois de La Lande (Bourg-en-Bresse, 1732-Paris, 1807), professeur d'astronomie au Collège de France, occupa cette fonction pendant quarante-six ans. Il contribua grandement à populariser l'astronomie en faisant paraître de 1789 à 1798 une *Histoire céleste française* où sont décrites cinquante mille étoiles. Constance publia un *Éloge historique de M. de La Lande*, impr. de J.-B. Sajou, 1810.

21. Jean-*François* Thurot (Issoudun, 1768-Paris, 1832), lié avec Mme Helvétius et les philosophes de la société d'Auteuil, fonda en 1802 une maison d'éducation qu'il dirigea jusqu'en 1807. Son principal ouvrage, *De l'entendement et de la raison*, parut en 1830.

22. Étienne Clavier (Lyon, 1762-Paris, 1817), magistrat qui manifesta son indépendance dans le procès de Moreau, helléniste traducteur d'Apollodore et de Pausanias, éditeur du Plutarque d'Amyot, professeur d'histoire au Collège de France, entra en 1809 à l'Académie des inscriptions.

23. *Louis* Jérôme Gohier (Semblançay, 1746-Eaubonne, 1830), avocat au parlement de Bretagne, député d'Ille-et-Vilaine à

l'Assemblée législative (1791), ministre de la Justice (1793), puis de 1793 à 1799 successivement président du tribunal civil de Paris, du tribunal criminel de la Seine et du tribunal de cassation. Il fut nommé directeur en 1799, le dernier directeur à démissionner le 18 brumaire; nommé consul général de Hollande (1802), il se retira de la vie publique en 1810.

24. *François* Guillaume Jean Stanislas Andrieux (Strasbourg, 1759-Paris, 1833), avocat et administrateur, puis professeur de grammaire et de belles-lettres à Polytechnique (1804-1816) et professeur de littérature au Collège de France (1814-1833), auteur de comédies, de contes et de poèmes, violemment antiromantique, fut élu à l'Académie en 1803.

25. Pierre *Édouard* Lémontey (Lyon, 1762-Paris, 1826), avocat, membre et président de l'Assemblée législative, réfugié deux ans (1793-1795) en Suisse, auteur d'*Essai sur l'établissement monarchique de Louis XIV* et d'un opéra-comique, *Palma ou le Voyage en Grèce*, rédacteur de journaux royalistes, fut élu à l'Académie en 1819.

26. Paul-Louis Courier de Méré (Paris, 1772-Veretz, Indre-et-Loire, 1825), traducteur, mais surtout pamphlétaire admirable, publia notamment *Lettre à MM. de l'Académie des inscriptions et belles-lettres* (1819), *Simple discours de Paul-Louis, vigneron…* (1821), *Pamphlet des pamphlets* (1824).

27. Ange Étienne *Xavier* Poisson de La Chabeaussière (Paris, 1752-1820), auteur de comédies (dont *Lasthénie ou Une journée d'Alcibiade*, 1802) et des livrets d'opéras-comiques de son ami Dalayrac, publia un *Cathéchisme républicain* (1795) qui fut mis par la Convention au rang des ouvrages destinés à la jeunesse.

28. Étienne *François* de Lantier (Marseille, 1734-1826), l'*Anacharsis des boudoirs*, auteur de comédies et de contes en vers, connut un grand succès avec *Voyages d'Anténor en Grèce et en Asie* (1798).

29. Pierre-Louis Ginguené (Rennes, 1748-Paris, 1816), rédacteur de journaux littéraires et politiques, ami de Sébastien Roch Nicolas Chamfort, emprisonné sous la Terreur pour modérantisme, nommé directeur de la commission de l'Instruction publique par la Convention thermidorienne, membre de l'Institut, ministre plénipotentiaire à Turin; membre du Tribunat, il en fut renvoyé à cause de ses articles contre l'Empire imprimés dans son journal *La Décade philosophique* (1802) et abandonna la politique pour se consacrer à la littérature.

30. Gillette Billet, Mme Dufrénoy (Paris, 1765-1825), épousa à quinze ans un procureur du Châtelet, Petit-Dufrénoy, qui en avait quarante; elle assura la subsistance de sa famille ruinée par la

Révolution, grâce à sa plume et à son pinceau ; protégée par Fontanes, pensionnée par Napoléon, lauréate de l'Académie (1813), elle ouvrit à la Restauration un des petits cénacles libéraux.

31. Jean Louis Laya (Paris, 1761-Bellevue, près de Paris, 1833), auteur de *L'Ami des lois*, comédie antijacobine qui provoqua sa proscription, critique au *Moniteur* pendant quinze ans et professeur d'histoire littéraire et de poésie française à la Sorbonne, élu à l'Académie française en 1817, partisan classique, appela les romantiques « les factieux de la République des lettres ».

32. Paul-Philippe Gudin de La Brenellerie (Paris, 1738-Paris, 1812), ami de Beaumarchais, fut l'éditeur de ses *Œuvres complètes* (1809).

33. Pierre Paul Raboteau (La Rochelle, 1765-La Rochelle, 1825), auteur d'une ode, *La Prise de la Bastille* (1790), fit aussi représenter quelques vaudevilles.

34. Il y avait trois frères Duval : Alexandre Vincent Pineu, dit Alexandre Duval (Rennes, 1767-Paris, 1842), acteur jouant les utilités au Théâtre-Français, auteur de comédies, d'opéras-comiques et de drames, dont *La Jeunesse d'Henri IV* qui triompha en 1806, fut élu à l'Académie française en 1812 et dirigea l'Odéon et l'Opéra-Bouffe (1812-1815) ; Charles Alexandre Amaury Pineu, dit Amaury Duval (Rennes, 1760-Paris, 1838), diplomate, fonda avec Ginguené et Chamfort *La Décade philosophique* et publia de nombreux ouvrages d'érudition, et Henri Charles Pineu, dit Henri Duval (Rennes, 1770-Paris, 1847), secrétaire de Ginguené à Turin, chef au bureau des beaux-arts, auteur d'un *Essai sur la critique*, fut le père du peintre Amaury-Duval.

35. *Jacques* André Naigeon (Paris, 1738-Paris, 1810), ami du baron d'Holbach et de Diderot, collaborateur de *L'Encyclopédie*, athée militant, auteur de traductions et d'un *Dictionnaire de philosophie ancienne et moderne*, fut membre de l'Institut (1795), puis de l'Académie (1803).

36. *Pierre-Narcisse* Guérin (Paris, 1774-Rome, 1833), prix de Rome (1797), triompha au Salon de 1799 avec *Le Retour de Marcus Sextus ;* il passa ensuite plusieurs années en Italie avant d'ouvrir en 1810 un atelier fréquenté, d'où sortirent quelques-uns des grands romantiques : Géricault, Scheffer, Léon Cogniet, Paul Huet ou encore Delacroix. Professeur à l'École des beaux-arts (1814), membre de l'Institut (1815), il assura, de 1822 à 1828, la direction de l'académie de France à Rome.

37. *Aubin* Louis Millin de Grandmaison (Paris, 1759-1818),

naturaliste français, érudit féru d'archéologie et d'histoire de l'art médiéval et classique, rédacteur antijacobin de la *Chronique de Paris*, ce qui lui valut un an d'emprisonnement, fut conservateur-professeur du département des antiquités de la Bibliothèque nationale et publia un *Dictionnaire des beaux-arts* (1806). Directeur du Magasin encyclopédique, membre de multiples sociétés savantes, il fonda les *Annales encyclopédiques* (1817).

38. Friedrich Heinrich *Alexander*, baron von Humboldt (Berlin, 1769-Berlin, 1859), naturaliste, publia après un voyage scientifiquement fécond ses résultats dans *Voyage aux régions équinoxales du nouveau continent* (1799-1804).

39. *Antoine* Laurent de Jussieu (Lyon, 1748-Paris, 1836), neveu d'Antoine, de Bernard et de Joseph de Jussieu, démonstrateur au Jardin du roi (1770), développa les idées de son oncle Bernard sur la classification des végétaux, faisant paraître *Exposition d'un nouvel ordre des plantes, adopté dans les démonstrations du Jardin royal* (1774). Directeur du nouveau Muséum national d'histoire naturelle (1794), il occupa la chaire de professeur de botanique à la faculté de médecine de Paris, de 1804 à 1826.

40. *Augustin* Pyrame de Candolle (Genève, 1778-1841), auteur d'une thèse célèbre *Sur les propriétés médicinales des plantes* (1804), proche de Cuvier et de Lamarck, exerça une influence considérable sur le développement des études botaniques, dont Genève devint le centre après son retour dans cette ville.

41. Jean-Baptiste Say (Lyon, 1767-Paris, 1832), économiste, membre du Tribunat en 1800, éliminé en 1804, auteur d'un célèbre *Traité d'économie politique* (1803), industriel, professa à la Restauration l'économie politique à l'Athénée (1816), au Conservatoire des arts et métiers (1821), au Collège de France (1830).

42. François-Joseph Talma (Paris, 1763-1826), admirable tragédien, régna sur la Comédie-Française de 1787 à sa mort, exerçant une influence considérable sur le renouvellement de son art, en particulier sur la diction, la gestuelle et le costume.

43. *Jacques* Augustin Catherine Pajou (Paris, 1766-1828), fils du statuaire, exposa au Salon de 1791 à 1822, obtenant une médaille d'or en 1812 pour *Napoléon accordant à Mlle de Saint-Simon la grâce de son père.*

44. Carle Vernet (Bordeaux, 1758-Paris, 1835), élève de N.-B. Lépicié, excellant dans les chasses et les scènes populaires (*Chasse au daim à Rambouillet*, *Le Chien du duc d'Enghien*), inaugura, avec Gros, la grande peinture militaire. Fils du peintre de marines Joseph Vernet, il fut le père de Horace Vernet.

45. *Jean-Antoine* Houdon (Versailles, 1741-Paris, 1828), «le sculpteur des Lumières», dans le travail en marbre, mais aussi dans le façonnage de l'argile, du plâtre, du bronze et de la terre cuite, a laissé une effigie en plâtre de la princesse de Salm.

46. L'admiration de Constance pour Anne-Louis Girodet de Roucy, plus connu sous son nom d'artiste Girodet-Trioson (Montargis, 1767-Paris, 1824), peintre à la croisée des chemins classique et romantique, ne se démentit pas; voir *Sur la mort de Girodet* (1824): «Le héros des beaux-arts, le peintre du génie, / Par le trépas tout à coup est vaincu.»

47. «Ni rouge ni blanc. Girodet et le nouvel ordre des choses», *in* Sylvain Bellanger, *Girodet, 1767-1824*, Gallimard, 2005, p. 116. Cet extrait est inspiré de Robert Bled, «Le rôle d'un salon littéraire au début du XIXe siècle : les amis de Constance de Salm», *Revue de l'institut Napoléon*, n° 113, pp. 121-160.

48. Dyck, 21 septembre 1812, voir Paul-Louis Courier, p. 337.

49. Paris, 6 mai 1810, voir Paul-Louis Courier, *op. cit.*

50. Paris, 6 mai 1810, voir Paul-Louis Courier, *op. cit.*, II, p. 197. «Le malheur grave les époques dans l'âme», notera Constance dans ses *Pensées*.

51. Peinture à l'huile, Versailles, musée national du Château et des Trianons. Il est regrettable que les lettres de la princesse de Tour et Taxis, déposées par les descendants de Constance au musée du Vieux-Toulon, aient disparu.

52. *Revue encyclopédique ou Analyse raisonnée des productions les plus remarquables dans les sciences, les arts industriels, la littérature et les beaux-arts*, par une réunion des membres de l'Institut et d'autres hommes de lettres, tome XXII, avril 1824, p. 458-459.

53. *Vingt-Quatre heures d'une femme sensible ou Une grande leçon*, par Mme la princesse de S***, in-8 de 9 feuilles 3/4, plus une planche. Imp. de Lebel à Paris. À Paris, chez Arthus Bertrand, enregistré dans la *Bibliographie de la France*, n° 5849, le 1er mai 1824; *Vingt-Quatre heures d'une femme sensible ou Une grande leçon*, par la princesse de Salm, seconde édition, in-18 de 6 feuilles, plus une planche. Imp. de Firmin Didot à Paris. À Paris, chez Arthus Bertrand, enregistré dans la *Bibliographie de la France*, n° 2186, 20 novembre 1824.

54. *Œuvres complètes* de Mme la princesse de Salm, Paris, Librairie de Firmin Didot frères; Librairie Arthus Bertrand, 1842, 4 vol., in-8. Le tome III contient *Vingt-Quatre heures d'une femme sensible,* (la seconde partie du titre est omise) et *Pensées*.

55. *Journal des débats*, 7 août 1820, citant la *Gazette officielle* de Berlin du 29 juillet 1820.

56. Collection de l'auteur de cette préface.

57. Paris, 14 juillet 1827. Copie, Société des amis du Vieux-Toulon, fonds Salm-Dyck, carton n° 3. Correspondance particulière, 1822-1828.

58. *Sur le romantique* (1824).

59. A. Dumas, *Mes mémoires*, ch. CXIX.

60. Mme Achille Comte, *Éloge de Madame la princesse de Salm*, Nantes, imprimerie de Mme Vve Camille Mellinet, 1857, p. 14.

Réception de *Vingt-Quatre heures d'une femme sensible*

Étienne François de Lantier, le 7 mai :

« La belle Sapho ne m'a point oublié, et pour me prouver que j'ai encore une petite place dans sa mémoire, elle m'envoie de beaux fruits de son jardin. J'en ai fait aussitôt mon déjeuner, et je les ai trouvés très agréables ; mais toute allégorie à part, pourquoi circonscrire dans un jour un cercle que vous pourriez élargir ? "Le vrai peut quelquefois n'être pas vraisemblable." Il y a beaucoup de chaleur dans votre ouvrage, ou dans votre âme, ou dans votre tête, et c'est ainsi que parle la passion. À mon âge on traite cela de folie, jadis j'aurais dit : Voilà le véritable amour, voilà comme il faut aimer ; en amour je permets l'idolâtrie. »

Sauvo, le 7 mai 1824 :

« J'ai un moyen bien assuré de vous prouver quel a été dans ces derniers jours l'excès de mon travail et la fatigue de mes occupations, c'est que ce n'est qu'aujourd'hui seulement, en une heure, que j'ai pu voir passer la cruelle journée de votre *Femme sensible*.

« J'ai emprunté l'exemplaire de Mme Sauvo qui l'avait lu avec un vif intérêt, et n'avait pas besoin d'y trouver une grande leçon, par la raison très simple qu'elle n'est pas jalouse et qu'elle a pour habitude de dire "qu'elle ne conçoit pas qu'on puisse aimer un moment quelqu'un qui a cessé de vous aimer le moment d'auparavant". Vous direz que la sensibilité de ma très honorable épouse est dans son orgueil féminin ; cela pourrait bien être. C'est de la sensibilité aussi ; mais celle-là est négative, et elle n'a qu'un mot à écrire : *adieu*.

« D'autres femmes de mes amies ont lu les 45 lettres ; deux d'entre elles ont trouvé le roman exagéré au fond, invraisemblable dans la forme ; la troisième a cru tout possible, tout vraisemblable : c'est que la jalousie a autrefois passé par là, et que les cendres sont encore douloureuses. Je ferai une nouvelle épreuve sur une quatrième en ce moment à 4 lieues de Paris. Celle-là trouvera votre héroïne bien faible et bien pâle. Celle-là ne se serait pas amusée à écrire : elle eût été tout bonnement mettre le feu à la maison de Mme de B. pour voir un peu quel homme s'en sauverait avec elle.

«Je conclus de ceci qu'entre les deux extrêmes, vous avez trouvé la vérité et même la vraisemblance; quant à l'intérêt il est bien certain, je l'ai vivement éprouvé, quoique les hommes puissent à peine comprendre une foule de sensations que les femmes ont dans leur âme, relativement au but moral, vous savez bien qu'en penser; le rire à la comédie, les larmes dans une lecture touchante ne corrigent personne. Il y a quelque chose au-dessus de l'éloquence, ce sont les passions. Vos lettres donneraient envie d'en avoir une. Elles ressemblent à ce beau sermon sur la charité qui donnait envie d'aller donner l'aumône. En ce sens je suis de votre avis quand vous avez eu le dessein de rendre la leçon plus forte. Oui, un peu de poison eût bien fait... Je n'achèverai pas, vous diriez peut-être : Voilà les hommes, c'est qu'en effet ils sont affreux.

«J'en excepte votre Alfred, figure charmante dans un tableau achevé. Je ne sais pas s'il ne méritait pas cette préférence qu'il a failli obtenir... Je m'arrête encore; voilà les hommes, allez-vous dire.

«Je vais voir Laya; à ce nom je me rappelle qu'on croit reconnaître les étoiles de la dédicace. S'il en était autrement, il y aura deux femmes bien ressemblantes et bien également dignes d'un si délicat hommage. C'est donc Laya qui, je l'espère, me donnera le moyen d'entretenir mes lecteurs de votre *Femme sensible*, dût Ourika concevoir quelque jalousie de cette préférence.»

Pierre Paul Raboteau, le 10 mai :

«Je reçois votre lettre du 3, et j'avais reçu par l'avant-dernier courrier le charmant cadeau dont cette dernière m'entretient.

«Le succès qu'obtient votre petit ouvrage m'étonne bien moins qu'il ne paraît vous étonner. Cette peinture des orages du cœur, d'autant plus forte qu'elle est plus concise; ce tableau des mouvements de la nature, qui gagne beaucoup, au moins sous votre plume, à la nouveauté, et même à l'exiguïté du cadre, a dû nécessairement satisfaire la curiosité, après l'avoir vivement excitée. Il est très vrai qu'on ne quitte pas votre petit roman sans l'avoir lu tout entier. Je vous remercie et vous félicite beaucoup.»

Le baron Charles Ladoucette [s.d.] :

« La femme sensible allait au cœur du solitaire de la rue Chantereine. Il a compris, il a senti parfois ses yeux mouillés de larmes. »

Le baron Goswin Stassart, le 16 juin 1824 :

«Je sens tout le prix du beau présent que je tiens de vous; j'ai dévoré ce livre enchanteur, et je n'ai pu résister au désir de faire, dans deux de nos journaux, ma profession littéraire sur cet intéressant ouvrage. Vous recevez par le même courrier *L'Oracle* et le *Journal de Belgique.* »

Le 5 juillet 1824 :

« Voici l'article inséré dans *L'Oracle* :

« "*Vingt-Quatre heures d'une femme sensible ou Une grande leçon* par Mme la princesse Constance de Salm. 1 vol. in-8 – orné d'une gravure. À Bruxelles chez Demat sur la Grande Place et Lecharlier Montagne de la Cour.

« Mme la princesse de Salm est au nombre des femmes qui cultivent la poésie avec le plus de succès. Quel amateur des lettres n'a pas lu ses charmantes *Épîtres*, ses élégants *Discours* en vers, son opéra de Sapho si digne de reparaître sur la scène lyrique. Le roman que nous annonçons jouit déjà d'une grande vogue à Paris et cela se conçoit sans peine. Il offre à chaque page cette aimable délicatesse, cette chaleur de sentiments, ces détails heureux qui seuls font vivre les ouvrages d'imagination. C'est avec une confiance entière que nous en conseillons la lecture à nos abonnés. G.S."

« Et voilà l'article du *Journal de la Belgique :*

« "*Vingt-Quatre heures d'une femme sensible ou Une grande leçon.* Cet heureux choix d'expressions pleines de délicatesse; ces tournures faciles et gracieuses; enfin ce charme inexprimable du sentiment, voilà ce qui forme pour ainsi dire le cachet d'une femme. Cette réflexion, trop vraie pour n'avoir pas été faite depuis longtemps, doit se reproduire lorsqu'il s'agit du roman de Mme la princesse de Salm intitulé *Vingt-Quatre heures d'une femme sensible.* Je ne crois pas qu'il soit possible d'imaginer une lecture plus intéressante. Cet ouvrage, qu'il serait difficile d'analyser parce que son principal mérite se compose de détails enchanteurs ne peut manquer d'ajouter à la réputation de Mme la princesse Constance de Salm déjà connue par de nombreux et brillants succès au Parnasse." »

Antoine Alexandre Barbier, le 2 juillet 1824 :

« Vous trouverez au bas de cette lettre la copie d'un article sur votre charmant ouvrage. Il est probablement d'un M. Amanton que je connais et à qui j'écrirai incessamment. Son article sent un peu le plaisant de province. Je suis charmé que mon article vous ait plu ; c'est ce qui me semble de l'érudition, sans pédantisme. L'article de M. Laya est remarquable par la justesse des idées et par la bienveillance. Je crois M. Laya un de vos vrais amis. Mon fils m'a parlé hier d'un nouvel article inséré dans le *Journal des dames* ; je vous l'enverrai l'ordinaire prochain. Il y a des citations. Les meilleurs journaux auront donc parlé de *24 heures* à l'exception de l'orgueilleux *Journal des débats*. Cette insolence est remarquable.

« "On s'arrachera bientôt chez nos libraires un joli volume tout nouveau, avec gravure, intitulé *Vingt-Quatre heures d'une femme sensible* par Mme la princesse Constance de S*** in-8. Personne ne s'étonnera de cette vogue ; car il est tout simple qu'on soit curieux d'apprendre, à peu de frais, tout ce qui peut arriver entre deux soleils à une femme sensible. Celle-ci est d'une activité inconcevable, elle n'écrit rien moins que quarante lettres en vingt-quatre heures. À peine ce temps a-t-il suffi pour les lire ; mais que ne peut la sensibilité perfectionnée ! Ce volume a déjà couru tous les salons de Paris, c'est le tour de la province où la sensibilité fait chaque jour non moins de progrès que dans la capitale." (Extrait du *Journal de Dijon et de la Côte-d'Or* du samedi 26 juin 1824.)

« Je n'ai pu encore vérifier les n^os^ du *Mercure* ; mais j'espère que M. Tissot ne manquera pas à sa parole. »

Le 16 juillet 1824 :

« C'est dans le n° du 5 mai que M. La Mésangère, auteur du *Journal des dames et des modes*, a inséré un long extrait des *24 heures*. Aucune autre analyse n'a passé depuis sous mes yeux. Je me suis donné le plaisir de rappeler les *24 heures* en parlant des *Lettres portugaises*.

« M. le comte de B… doit être actuellement dans votre voisinage ; il m'a invité à un dîner d'adieu quelques jours avant son départ. »

Le 16 août 1824 :

« J'apprends avec bien du plaisir que vous allez commencer l'édition in-18 des *24 heures*. Ce format est très à la mode et avec une jolie estampe, le petit volume aura un grand débit.

« M. Tissot réparera incessamment le tort qu'il a envers vous. Je lui ai porté, il y a dix jours les mémoires du gendre d'Amalric et j'ai profité de l'occasion pour lui demander ce qui pouvait retarder l'article qu'il avait promis sur les *24 heures*. C'est, me dit-il, parce que j'ai été longtemps sans lire l'ouvrage : je l'ai enfin lu et j'en suis enchanté ; deux de mes amis m'ont déjà reproché mon long silence. Mme de Salm n'aura rien à regretter. Voilà, princesse, le fond de sa réponse. »

Frédéric-Guillaume, prince héritier de Prusse [futur Frédéric-Guillaume IV], le 7 juillet 1824 :

« Je vous remercie de l'ouvrage plein de sensibilité et de grâce que vous m'avez transmis. Il ne pourra qu'ajouter à la réputation littéraire que vos autres productions vous ont méritée en prouvant que vous savez agréablement employer la retraite à laquelle vous vous êtes consacrée. »

Amaury Duval, le 23 août 1824 :

« À propos de roman, je ne suis nullement surpris que le vôtre ait autant de succès en Allemagne qu'en France. Le sujet en est neuf, sans être bizarre. Il y a de la chaleur, du style. Cet ouvrage réussira partout. Je rencontrai l'autre jour votre libraire qui m'annonça qu'il en préparait une autre édition bien supérieure à la première. Je lui recommandai surtout d'y mettre une meilleure gravure ou de n'en point mettre. »

Thérèse de Tour et Taxis, le 18 septembre 1824 :

« Le roi [de Prusse : Frédéric-Guillaume III] m'a parlé de votre charmant roman avec éloge ; il le trouve bien passionné : c'était l'intention du fondateur, disais-je, Sa Majesté en fait éloge par ce peu de mots. Comme il ne m'a pas demandé le mot de l'énigme, je n'ai pas osé le lui dire, cela m'a paru d'un amour-propre trop imprudent [le mot de l'énigme : c'est elle la dédicataire]. Je ne suis pas étonnée que la première édition ait été épuisée si vite, et je suis bien aise que cela soit devenu le motif d'un voyage à Paris ; car le sol natal a un charme tout à part. »

Nous remercions M. Jacques Papin d'avoir dépouillé pour nous le fonds Salm-Dyck, conservé au musée du Vieux-Toulon et de sa région.

TABLE

À Madame la Princesse de *** — *7*
Lettre I — *11*
Lettre II — *13*
Lettre III — *17*
Lettre IV — *19*
Lettre V — *23*
Lettre VI — *25*
Lettre VII — *31*
Lettre VIII — *35*
Lettre IX — *37*
Lettre du comte Alfred de*** — *39*
Lettre X — *41*
Lettre XI — *43*
Lettre XII — *45*
Lettre XIII — *47*
Lettre XIV — *49*
Lettre XV — *51*
Lettre XVI — *53*
Lettre XVII — *55*
Lettre XVIII — *57*
Lettre XIX — *59*
Lettre XX — *61*
Lettre XXI — *63*

Lettre XXII 65
Lettre XXIII 67
Lettre XXIV 69
Lettre XXV 71
Lettre XXVI 73
Lettre XXVII 75
Lettre XXVIII 81
Lettre XXIX 83
Lettre XXX 85
Lettre XXXI 87
Lettre XXXII 89
Lettre XXXIII 91
Lettre XXXIV 95
Lettre XXXV 99
Lettre XXXVI 101
Lettre XXXVII 103
Réponse 105
Lettre XXXVIII 107
Lettre XXXIX 109
Lettre XL 111
Lettre XLI 113
Lettre XLII 115
Lettre XLIII 117
Lettre XLIV 119
Billet 121
Lettre XLV 123
Lettre XLVI et dernière 127
Conclusion 129
Postface 131
Notes de la postface 153
Réception de *Vingt-Quatre heures d'une femme sensible* 161

DU MÊME AUTEUR

Aux Éditions Phébus

En littérature française

Vingt-Quatre heures d'une femme sensible, 2007 ; Libretto n° 399, 2012.

libretto

Dernières parutions

401. DAVID EBERSHOFF *Danish Girl*
400. WILLIAM SAROYAN *Folie dans la famille*
399. CONSTANCE DE SALM *Vingt-Quatre heures d'une femme sensible*
398. JENNIFER LESIEUR *Jack London*
397. GILES MILTON *Samouraï William*
396. DMITRI BORTNIKOV *Le Syndrome de Fritz*
395. ROLAND TOPOR *La Princesse Angine*
394. BERNARD OLLIVIER *La vie commence à 60 ans*
393. ALEXANDER KENT *Deux officiers du roi*
392. JOSEPH CZAPSKI *Proust contre la déchéance*
391. MAURICE SACHS *Chronique joyeuse et scandaleuse*
390. SUAT DERWISH *Les Ombres du Yali*
389. JEANNE CORDELIER *La Dérobade*
388. GIAMBATTISTA BASILE *Le Conte des Contes*
387. JAMES WADDINGTON *Un tour en enfer*
386. ALEXANDER KENT *Flamme au vent*
385. LOUIS BROMFIELD *Précoce automne*
384. BERNARD OLLIVIER *Aventures en Loire*
383. JACK SCHAEFFER *L'Homme des vallées perdues*
382. RON HANSEN *Soleil de cendre*
381. TCHINGUIZ AÏTMATOV *Il fut un blanc navire*
380. ALBERT T'SERSTEVENS *L'homme que fut Blaise Cendrars*

379. EDWARD CAREY	*L'Observatoire*
378. WILLIAM SAROYAN	*Une comédie humaine*
377. THEODOR KRÖGER	*Le Village oublié*
376. DOROTHY SCARBOROUGH	*Le Vent*
375. HANS HABE	*La Tarnowska*
374. W. WILKIE COLLINS	*Une belle canaille*
373. IGNACIO DEL VALLE	*Empereurs des ténèbres*
372. MARCELLE SAUVAGEOT	*Laissez-moi*
371. LAWRENCE DURRELL	*Citrons acides*
370. DAVID DONACHIE	*Une chance du diable*
369. ROBERT LOUIS STEVENSON	*Le Trafiquant d'épaves*
368. GILES MILTON	*La Guerre de la noix muscade*
367. RON HANSEN	*La Nièce d'Hitler*
366. HERMAN BANG	*Les Quatre Diables*
365. PETER BALAKIAN	*Le Tigre en flammes*
364. ROGER DE BEAUVOIR	*Les Mystères de l'île Saint-Louis*
363. ALBERT T'SERSTEVENS	*Les Corsaires du roi*
362. MARCELO FIGUERAS	*La Griffe du passé*
361. RODERICK CONWAY MORRIS	*Djem*
360. ALEXANDER KENT	*Honneur aux braves*
359. CARLOS BAUVERD	*Post Mortem*
358. W. WILKIE COLLINS	*Mari et Femme*
357. JACK LONDON	*La Fille de la nuit*
356. FRANÇOISE CLOAREC	*Séraphine*
355. ROLAND TOPOR	*Le Locataire chimérique*
354. MARGARET DRABBLE	*La Sorcière d'Exmoor*
353. EMMANUEL DARLEY	*Un des malheurs*

352. RAFAEL SABATINI — *Le Faucon des mers*
351. ROY PARVIN — *La Petite-Fille de Menno*
350. MORIS FARHI — *Jeunes Turcs*
349. DAVID STOREY — *Ma vie sportive*
348. SLAVOMIR RAWICZ — *À marche forcée*
347. ROLAND PIDOUX — *Les Clochards d'Asmodée*
346. ALEXANDER KENT — *Victoire oblige*
345. SERGIO ATZENI — *Le Fils de Bakounine*
344. ILIJA TROJANOW — *Le Collectionneur de mondes*
343. JOSEF MARTIN BAUER — *Aussi loin que mes pas me portent*
342. WILLIAM DALRYMPLE — *Dans l'ombre de Byzance. Sur les traces des chrétiens d'Orient*
341. DAVID MADSEN — *Le Nain de l'ombre*
340. CLAUDE FARRÈRE — *Thomas l'Agnelet*
339. GEORGES BERNANOS — *Un crime*
338. MIKLÓS BÁNFFY — *Que le vent vous emporte. Chronique transylvaine*, t. 3
337. KENNETH GRAHAME — *Le Vent dans les saules*
336. CARLO GÉBLER — *Comment tuer un homme*
335. KLAUS MANN — *Speed*
334. ANA MARÍA MATUTE — *La Tour de guet*
333. MÉLANI LE BRIS — *La Cuisine des flibustiers*
332. JANE DIEULAFOY — *L'Orient sous le voile. De Chiraz à Bagdad, 1881-1882*
331. JOSEPH SHERIDAN LE FANU — *Les Mystères de Morley Court*
330. DOROTHY PARKER — *Hymnes à la haine*
329. ALEXANDER KENT — *Cap sur la Baltique*
328. MIKLÓS BÁNFFY — *Vous étiez trop légers. Chronique transylvaine*, t. 2

327. PIERRE LOTI	*Fantôme d'Orient et autres textes sur la Turquie*
326. JACK LONDON	*Face de Lune*
325. VICTOR BARRUCAND	*Avec le feu*
324. IVY COMPTON-BURNETT	*Une famille et une fortune*
323. ALEXANDRE DUMAS	*Le Chevalier d'Harmental*
322. W. WILKIE COLLINS	*Secret absolu*
321. ERNEST SHACKLETON	*Au cœur de l'Antarctique*
320. ROSAMOND LEHMANN	*Le Jour enseveli*
319. JANE DIEULAFOY	*Une amazone en Orient*
318. JACK LONDON	*La Croisière du « Dazzler »*
317. ROBERT-LOUIS STEVENSON	*Dr Jekyll et Mr Hyde*
316. CECIL SCOTT FORESTER	*Lieutenant de marine. Capitaine Hornblower*, t. 2
315. CECIL SCOTT FORESTER	*Aspirant de marine. Capitaine Hornblower*, t. 1
314. BERYL MARKHAM	*Vers l'ouest avec la nuit*
313. ARNOLD HENRY SAVAGE LANDOR	*La Route de Lhassa. À travers le Tibet interdit, 1897-1898*
312. SYLVAIN TESSON	*Vérification de la porte opposée*
311. LOUIS BROMFIELD	*Mrs Parkington*
310. JOSEPH O'CONNOR	*Les Bons Chrétiens*
309. JACK LONDON	*Les Tortues de Tasmanie*
308. TOM REISS	*L'Orientaliste. Une vie étrange et dangereuse*
307. ADOLPHUS WASHINGTON GREELY	*Les Naufragés du pôle. Trois années d'errance dans l'enfer blanc, 1881-1884*

306. MIKLÓS BÁNFFY — *Vos jours sont comptés. Chronique transylvaine*, t. 1

305. ALEXANDER KENT — *Combat rapproché*

304. GUY BOOTHBY — *Docteur Nikola*

303. ROGER VAILLAND — *Drôle de jeu*

302. JACK LONDON — *La Force des forts*

301. JEAN MALAQUAIS — *Planète sans visa*

300. JOSEPH SHERIDAN LE FANU — *La Maison près du cimetière*

299. FERDYNAND OSSENDOWSKI — *De la présidence à la prison*

298. ALEXANDRE DUMAS — *Ali Pacha*

297. BADÎ' AL-ZAMÂNE AL-HAMADHANI — *Le Livre des vagabonds. Séances d'un beau parleur impénitent*

296. W. WILKIE COLLINS — *Seule contre la loi*

295. ROSAMOND LEHMANN — *Poussière*

294. ELIZABETH BOWEN — *Les Cœurs détruits*

293. ARMÍN VÁMBERY — *Voyage d'un faux derviche en Asie centrale, 1862-1864*

292. GEORGES WALTER — *Enquête sur Edgar Allan Poe*

291. JACK LONDON — *Jerry, chien des îles*

290. ELIZABETH GOUDGE — *L'Arche dans la tempête*

289. ANNA BLUNT — *Anna d'Arabie. La Cavalière du désert, 1878-1879*

288. THOMAS HARDY — *Les Forestiers*

287. PHILIP MEADOWS TAYLOR — *Confessions d'un Thug*

Cet ouvrage,
a été reproduit et achevé d'imprimer
en octobre 2012
dans les ateliers de Normandie Roto Impression s.a.s.
61250 Lonrai
N° d'imprimeur : 12-3976

Imprimé en France

Dépôt légal : novembre 2012